U0087597

KEIGO HIGASHINO
東野圭吾
作品集——16

假面山莊殺人事件

仮面山荘殺人事件

東野圭吾

王蘊潔 譯

導讀——

巧騙讀者的推理小說

【旅日作家】李長聲

當今文壇，有兩位小說家出書必暢銷：大體上屬於純文學的村上春樹，純粹是娛樂文學的東野圭吾。東野的單本銷量可能比不過村上，但是比村上多產。二〇一一年適逢東野出道二十五週年，由讀者投票，將其七十六部作品排座次：一向坐頭把交椅的《白夜行》讓位，由《嫌疑犯X的獻身》榮登寶座，其後依次為《白夜行》、《流星之絆》、《新參者》、《假面飯店》、《信》、《秘密》、《紅色手指》、《時生》、《真夏方程式》等。對於這樣的小說家，人們不僅愛讀其作，對其人也大感興趣。譬如，他為什麼能寫得這麼有意思？為什麼他寫了就能暢銷？關於東野圭吾，更讓人樂道的不是這些年的春風得意，而是他的另類、他的苦節十年。

東野生於一九五八年。從大阪府立大學工學系畢業，開始工作後便以業餘作家的身分開始寫小說，連續應徵了三次「江戶川亂步賞」，一九八五年以《放學後》射中，就此出道。翌年興匆匆地辭職進京，專事寫作。當年舉行簽名會時，第一天親朋好友捧場，好一陣熱鬧，但第二天只來了一個孩子，羞得他十六年之後才重開簽名會。寫來寫去，直到十年後的一九九六年，以短篇集《名偵探的守則》榮列「這本推理小說真厲害！一九九七」第三名，總算打響第一炮。在經過六次入圍後，一九九九年以《秘密》獲得「日本推理作家協會賞」；也同樣在入圍六次後，於二〇〇六年以《嫌疑犯X的獻身》獲得「直木賞」。算下來，各種獎項他總共落選十五次。

二〇一二年出版的《解憂雜貨店的奇蹟》獲得「中央公論文藝賞」，當時東野演說：「說老實話，現在也不大擅長讀書，讀自己的校樣時都經常睡著。」他常說自己從小就不愛讀書，國語成績特別差。上高中以後，或許是受姐姐影響，總算從頭到尾讀了一本推理小說。不喜歡讀，卻喜歡寫，才讀了一本小說就動筆寫起來，一寫就三百頁。這應該是喜好模仿罷。大學時讀了松本清張的全部作品；作為枕邊書，睡前必讀的，是《小拳王》和《巨人之星》兩部很著名的漫畫。他身兼日本推理作家協會理事長、「江戶川亂步賞」評選委員，二〇一二年高野史緒的《卡拉馬佐夫妹妹》獲獎，他老實說：「本人沒讀過這種考驗人耐性的小說。自己不讀書，寫書時就會特別留意，要寫得有意思，好讓人能夠把他的書讀完。所以，『我寫的東西與藝術性無緣，今後也想撿拾讀書這張網的漏網之魚。』」

東野從大阪移居東京時，隨身帶半部獲獎後第一作《畢業》，要給編輯看看他下筆如神。《畢業》的主人公叫加賀恭一郎，作為國立大學四年級生登場，大學畢業後做了一陣子中學教師，最後步關係冷漠的乃父後塵，走上警察之路。加賀從此在東野小說中發展。

《沉睡森林》裡當上警視廳搜查一科的刑警；經過《惡意》後，又調到練馬署，活躍在《誰殺了她》、《我殺了他》、《紅色手指》等案件裡；二十年後，《新參者》中，他的用武之地轉到日本橋，接著又在《麒麟之翼》中出場。出版社出於行銷戰略，向來鼓動推理小說家創造一個無所不在、一以貫之的名偵探，譬如西村京太郎的十津川警部、內田康夫的業餘偵探淺見光彥，而東野的就是加賀恭一郎。他熱衷於事件設計，不像宮部美幸那樣著力於人物描寫，對於加賀這個人物的外貌少有著墨，而對於女性，常常是「美女」、「年輕女人」之類符號性描述。東野說：加賀並非解決事件本身，而是一點點深入事件的背景、內側。並非知道了犯人就完事，在搜查上他把重點置於犯罪為什麼發生。這應該是松本清張開創的「社會派」的路數，雖然這樣有一點點脫離了「本格推理」，但其實古典的密室殺人對他仍然別具魅力。

所謂「新本格派」始自綾辻行人於一九八七年發表《殺人十角館》，說來東野與綾辻以及有栖川有栖、法月綸太郎等人約莫在差不多的時間點先後起步。雖說新本格派第一代的據點就在關西，但東野過早離開了那裡，從未與他們合群。他在東京單打獨鬥，自有編輯們支撐，甚至可以說，他是講談社等大出版社打造出來的作家。而這本《假面山莊殺人事件》出版於一九九〇年，正逢苦節之路走到了一半之時。他在書中佈下了幾條線，讓讀者不由自主地探究朋美事故之謎、尋思人們如何逃出搶匪的掌控，當然更關心在別墅這個「密室」裡誰殺死了漂亮的表妹，況且並不是「大丈夫敢做敢當」的逃犯所為——故事推進到高潮，小說家對讀者展開決戰。最後出人意外，又解釋得頭頭是道，就是小說家得勝。東野甚至敢於向讀者下戰書：推理所需要的線索全擺明了，好，來推理犯人或真相吧！然而這部作品在讀者投票排行榜上位僅居第四十一名，他曾自言：「明明想出了好辦法，把別墅強制性的與外界隔離，可偏偏誰都不誇獎，又毫無銷路。」不過，推理小說家折原一則大力稱讚這本小說是讓他「既羨慕又妒恨」的傑作，分析當年之所以打了啞炮，是因為年末上市，被淹沒在趕集般出版的洪水巨浪中，轉過年來就成了去年的舊書，不被注意了。

對於這懷才不遇的十年，東野耿耿於懷，拿來寫了好些笑的作品像是：《怪笑小說》（一九九五年）、《毒笑小說》（一九九六年）、《黑笑小說》（二〇〇五年）。其中《黑笑小說》所收的第一篇〈另一種助跑〉寫一個叫寒川的小說家，促狹他苦節三十年，更苦過東野本人，似乎有一點五十步笑百步的自慰。最後一篇〈決選會議〉裡寒川聽說請他當新人獎評委，驚喜得幾乎把剛喝進嘴裡的咖啡噴出來。二〇一二年東野又出版《歪笑小說》，十二則短篇把出版業弊端與文壇潛規則當作笑料，笑編輯、笑作家，也笑他自己，讀來可笑，卻不能一笑了之呢！

導讀——

十年磨一劍，霜刃未曾試

【推理評論家】杜鵑窩人

東野圭吾應該是目前台灣最為火紅的日本推理作家，他的作品被多家出版社搶著要出版；可以說，他自從以《放學後》獲得「江戶川亂步賞」而出道以來的所有作品，不論是早期、中期還是近期，相繼都成為台灣出版社追逐的焦點。這當中最好的解釋就是東野圭吾深受台灣讀者的歡迎，翻譯作品在台灣有其銷售的市場。我個人曾經幫他計算了一下，在這幾年中，台灣平均每年有兩百本左右的推理出版品，每年平均都有八到十本東野的正體中文版出版，如今竟然有臉譜、獨步、皇冠、高寶、時報、三采和台灣東販七家出版社已經出版過他的小說作品。根據我個人閱讀台灣翻譯推理小說三十多年的經驗，以前到如今的台灣推理書市，曾經有過這種盛況，應該是發生在二十多年以前，當時也有許多出版社競相出版當時日本作家繳稅排行榜第一名的推理作家赤川次郎的作品。但是與當時不同的問題在於，那個時候台灣對於日本作品的著作權是沒有保護的，就是購買版權觀念不存在的年代，所以反觀有著作權概念的現在來看如今這種盛況，東野圭吾現在所創下的現象，真的是一個相當了不起的紀錄！因為台灣的眾家出版社竟然如此捧場地爭相推出他的作品。

統計一下，東野圭吾他個人將近八十本的著作中，至今只有十本不到的作品還尚未在台灣翻譯出版。

還記得二〇〇七年的四月一日（你沒看錯，正是愚人節的那一天），當時台灣推理作家協會那一年的年會剛結束，住在高雄的推理作家冷言和我，連袂在高雄以東道主身分招待台灣旅日推理評論家島崎博老師和當時擔任日本推理文學資料館館長的權田萬治老師。那一天是高雄難得少見、溫暖而不炎熱的春日午後，我們四個人就坐在高雄整治過的愛河旁邊享受春風拂面，還一起喝咖啡聊天。話題自然而然就轉到了在二〇〇六年大紅大紫，剛剛以《嫌疑犯Ｘ的獻身》拿下「直木賞」，並一舉拿下當年度三大推理小說排行榜的第一名而號稱「三冠王」的東野圭吾身上。我們兩人告訴權田萬治老師，其實在台灣的推理書市，東野圭吾一直很受歡迎，甚至他的江戶川亂步賞得獎作品《放學後》和島田莊司的《占星惹禍》❶、高木彬光的《紋身殺人事件》由於都已經絕版，當時還是並稱台灣推理迷的三大夢幻逸品。那個時候，權田萬治老師以頗為驚訝且不相信的神情告訴我們，在他的《秘密》一書改編成電影之前的東野圭吾，其實一直在日本推理文壇之中苦苦掙扎，甚至在日本推理界有個不太好聽的「一刷作家」的稱號。那也就是意味著說東野圭吾在日本的推理小說

❶即同樣由皇冠所出版《占星術殺人魔法》一九八八年的舊版。

創作雖然持續不斷，但是很不幸，東野圭吾絕對與「暢銷作家」這個頭銜無緣，他的小說幾乎是沒有再刷出版的機會。在日本，雖然東野圭吾一直很努力地嚐試各種路線的創作，但是推理小說市場上，讀者的反應都不是很好，讓他的嘗試都變成了「為五斗米折腰」的徒勞，所以東野圭吾能夠以《嫌疑犯 X 的獻身》獲得第一三四屆的直木賞，應該說是「守得雲開見月明」一般的苦盡甘來。那天下午的談話其實給了創作出版一直不是一帆風順的冷言和旁聽的我有著莫大的鼓舞和啟示；「李廣不侯」的情形在台灣在所多有，本土推理作家似乎只能繼續磨劍，期待出匣的那一天。

東野圭吾自己也曾經說過，他自己為了不讓自己的文筆鈍化和應付生活所需的糊口之資，他不得不到處爭取工作，只要是能夠登上報章雜誌的版面和後來的集結出版販售，不管是長篇連載或是短篇作品，他都會卯足全力去寫作。而且各方面和各樣式的題材都肯寫，雖然一直不能夠在市場上得到許多讀者的認同和肯定，但他自己確實是用心的在創作。應該說當時在「十年磨一劍」的東野圭吾並不是很合格的作家，應該只是作者或者是單純的寫手而已。因為他只是埋頭寫作而沒有去注意市場上讀者的反應，等於強將自己的作品要推銷給讀者，失敗則是必然的結果。如今台灣書市充斥著東野圭吾的作品，其中不少都是他個人努力的痕跡，卻也常常是一些東野圭吾沒有真正自我的作品。

在一九九八年出版的《秘密》一書，於一九九九年改編成電影，進而使他擺脫了「一刷作家」封號。雖然為了延續作家的命脈和為了餬口度日而創作了不少風格、形式各異的小說，但是另一方面卻一直秉持著推理小說創作的初衷，維持自己作品解謎的本質。這些作品最近在台灣大量被引進和翻譯，讀者在欣賞之餘也可以注意到東野圭吾一直在迎合市場需求之餘，也會偷渡幾本自己喜歡帶有正統本格味道的推理創作，《假面山莊殺人事件》這本書就是其中之一的此類作品。這種兼顧理想和現實的方式，雖然有讀者不太能夠接受東野圭吾這種有些迎合市場風潮的寫作方式，但是人家總是要吃飯不是嗎？就像我的本業，在現今的台灣醫療環境下，也面臨了「救命輸給救醜，醫人不如醫狗」的狀況，若是這情形一直存在下去，醫師也就不得不拋下尊嚴，進而變身成為藥品、營養品、健康食品和醫學美容手術的掮客和推銷員了。一樣都是為了大環境所迫，也就是為了填飽肚子而不得不如此。所以，請讀者不要苛責東野圭吾當時這樣為五斗米折腰的大量創作。

回到《假面山莊殺人事件》這本書，對於一些本格推理迷而言，這將是一個莫大的驚喜，因為東野圭吾竟然挑戰了古典本格推理中最讓讀者興奮的題材：「暴風雨山莊」！容我稍微解釋一下「暴風雨山莊」，這是由古典本格發展出來的一種題材樣式，一般是指推理小說發生的場景或地點因為某些天然或人為的因素而與外界完全隔離，像是身處於暴風雨襲擊下而孤立無援的山莊，此時對外的電話或網路通訊會完全中斷、無法去聯絡外界、獲得援助，同時在場者也陷入了無法逃離的狀況。通常此時就會進而發生殺人案件，由於場景完全因上述因素被中斷隔離，所以必須得經由當時在場的所有人物嘗試去解決事件，也就是解謎並且自救，找出兇手以防再有人受害。當然此時受害者的死亡時間或兇器上的指紋、血型等法醫學條件通常不能讓人得知，縱使在場有法醫或醫生，因為器材所限制，仍然會比較不精確。英國推理女王阿嘉莎．克莉絲蒂的《一個都不留》即為此方面的代表作。也有人稱這類題材為孤島殺人，因為《一個都不留》就發生在孤島，但是其實並不限定在孤島，而場地只是更加擴大，變數相對的增加而已。

這種題材的魅力只要是推理作家其實都很難去抗拒的，因為是作者和讀者之間頭腦體操對抗形式的極致表現。另外，因為最初阿嘉莎．克莉絲蒂創造的形式太完美，所以寫「暴風雨山莊」題材的推理小說，就是對先行者的致敬和對自己的挑戰。橫溝正史的傑作《獄門島》就和《一個都不留》有異曲同工之妙，而直接致敬的則像夏樹靜子的《有人不見了》、西村京太郎的《殺人雙曲線》，甚至西村京太郎還玩了類似創意的《七個證人》；而綾辻行人的《殺人十角館》和《殺人迷路館》就玩了兩次不同的把戲來考驗讀者；島田莊司也有《斜屋犯罪》挑戰這個題材。甚至連台灣本土推理作家林斯諺都以短篇的《霧影莊殺人事件》和長篇的《雨夜莊殺人事件》、《冰鏡莊殺人事件》數次挑戰此類形式。這麼多作家挑戰，最主要的原因就像本土推理作家冷言說的，「暴風雨山莊」真的是太刺激、太迷人了，每個推理作家都很難抗拒它的誘惑。

東野圭吾的《假面山莊殺人事件》正是基於和以上作家類似的心態去挑戰此類「暴風雨山莊」形式的題材，但是如何同中求異就是考驗作者的功力所在之處。作者在這本書中竟然是把偵探數量最大化，連外來的綁匪竟然都成為偵辦凶殺案的一名偵探，不僅是「暴風雨山莊」形式中以前常見的——人人是兇手或被害人而已，更進而變成了「人人都是偵探」，確實少見。而《假面山莊殺人事件》既然嘗試要挑戰如此古典的題材，東野圭吾當然不能只是炒冷飯而已，縱使詭計都有似曾相識的感覺，卻要讓人猜不著才是最高境界；至於本書題目的真正意涵，也是在最後讓讀者看完的時候才能恍然大悟。同時，最後結局就因為作者又再一次來個終極大逆轉，因此所揭露謎團的真相絕對完全出人意料之外，而讀者此時才會發現原來又被作者擺了一道，卻也不得不佩服地承認這本書真的是相當的精采有趣！

目次

序幕

「那是我從小的夢想。」朋美說。她在說這句話時雙眼發亮。

「我並不反對，妳喜歡就好。」

第一次聽她提起這件事時，樫間高之並沒有反對。朋美把雙手握在胸前，欣喜地說：

「啊，真是太好了。」

他們正在討論婚禮的事。

雙方家長已經同意他們的婚事，要求他們自己決定婚禮的事。

朋美的父母建議他們明年秋天舉行婚禮，高之也有這樣的打算，一年左右的準備時間比較充裕，但朋美對此提出了不同意見。

「因為我已經等了這麼多年。」

她主張要在春天舉行婚禮。

高之沒有理由反對，但提出了現實的問題。

「時間這麼匆忙，可能訂不到婚宴的場地吧。距離春天只剩下半年而已，我之前聽朋友說，至少要在一年之前預約。」

「那是因為大家都想在很高級的飯店舉行婚禮。」朋美說。

「不是高級的地方也一樣，而且，如果不是有一定水準的場地，對賓客太失禮了。我家無所謂，但要顧及妳父親的社會地位。」

「我最討厭什麼社會地位。」

朋美說完，調皮地笑了笑，抬眼看著高之，提出了她的要求。

「不瞞你說，我想去一個地方舉辦婚禮。」

「那就早說嘛。」

高之苦笑著。

朋美希望在她父親的別墅舉行婚禮。別墅附近有一個鮮花圍繞的白色小教堂。

「小時候，我曾經看見新人在那裡舉辦婚禮，雖然不是特別華麗，但簡直就像是繪本中的世界。」

所以，她希望自己也能夠在那個教堂結婚。

高之同意了她的建議，朋美就像是談論夢想的少女般，談論著適合在那個教堂穿的婚紗。

但是，當這個話題告一段落時，她垂下眼睛，小聲地說：

「沒想到我有機會說這些事，真的好像在作夢。因為不要說在那個教堂結婚，我甚至沒想到自己有一天可以結婚。」

「妳在說什麼啊。」

高之笑了起來，但朋美的眼神很嚴肅。

「我是認真的，如果沒有你，也許我根本沒辦法活到今天，」然後，她又接著說：「全都是託你的福。」

「妳在說什麼啊。」

高之又重複了剛才的話，但這次他的表情很嚴肅。

朋美少女時代的夢想，正順利地朝實現的方向進行。由於無法在別墅舉辦婚宴，教會也很小，所以無法宴請太多賓客，只能邀請親戚和少數幾位關係密切的朋友參加。朋美的父親希望他們回東京後，重新舉辦婚宴，朋美起初不太願意，但在高之的說服下答應了。

所有婚禮的相關事宜都由他們兩個人自行張羅，朋美的積極有效率令高之驚訝不已，她一手包辦了各方面的安排，以及和教堂之間所有的洽談事宜。

時間過得很快，轉眼之間，距離婚禮只剩下一個星期了。

一切都很順利，一切都在幸福的軌道上。他們只要蹺著腳，就可以到達幸福的目的地。

但是——

這天，高之一如往常去上班。他開了一家小型錄影製作公司，公司剛成立時，以製作企業內部進修用錄影帶和教材錄影帶為主要業務，最近陸續受託製作電視和音樂方面的錄影帶，在錄影帶這個行業中嶄露頭角。

高之和同事開會時接到了那通電話。年輕的女工讀生接起電話後轉給了他。

「樫間先生，有你的電話。是森崎女士……是朋美小姐的母親。」

「看吧，」其中一名同事說道，「這種時候，新娘的父母都會沉不住氣。」

高之接過電話，「我是樫間。」

但是，電話中沒有聽到對方的回答，對方似乎努力地在克制內心的情緒。高之察覺到情況似乎不太尋常。

「喂？發生什麼事了？」

高之又問了一句，朋美的母親哭了起來，終於把壓抑在內心的情緒宣洩了出來。她在哭泣停頓時說：

「高之，朋美……朋美她死了。我剛才接到警方的通知……她的車子墜落懸崖……」

說到這裡，她泣不成聲。高之拿著電話，呆然地站在原地。

朋美這天去了教會，要進行最終的確認。她在回程時發生了意外，從教會前往高速公路途中的山路上，因為方向盤操作失誤，撞上護欄，直接衝下懸崖。

高之向同事說明情況後，立刻衝出事務所。其他同事全都說不出話。

車禍發生時，有人看到了那一幕。據目擊者說，看起來不像是方向盤操作失誤，更像是完全沒有打方向盤。當地警察分局交通課人員根據目擊者的證詞，研判朋美很可能在開車時睡著了。雖然也不排除自殺的可能性，但沒有人認為將在一星期後結婚的朋美有任何理由要自殺，高之當然也無法想像。

守靈夜結束後，高之向朋美的父母深深地鞠躬道歉，因為自己把所有的事都交給朋美處理，才會造成今天這樣的結果。她應該是勞累過度，才會發生意外。朋美的父親拍了拍高之的肩膀，用沉痛的聲音對他說，最好不要這麼想。朋美的母親只是不停地流淚。

葬禮後，即使看到朋美的照片上綁了黑色緞帶，高之仍然無法相信她死了。每天入夜之後，就覺得她會打電話來。這一陣子，朋美每天晚上都會打電話給他。

照片旁放著朋美原本打算在四天後穿的白色婚紗，應該是她母親放的。

第一幕　舞台

1

握著方向盤的手忍不住用力，掌心冒著汗。車速已經放慢，順利駛過了彎道。

高之忍不住吐了口氣。

剛才的彎道就是車禍地點。雖然彎道並沒有很危險，但因為朋美在這裡發生了車禍，所以他格外謹慎。

朋美已經死了三個月。梅雨季節終於結束，每天的陽光都很燦爛。

上個星期，朋美的父親森崎伸彥問他，要不要和他們一起去別墅。森崎家每年夏天都會去別墅避暑幾天，高之今年原本會以朋美丈夫的身分參加。

「雖然有人提議，今年就不要去了，但我總覺得朋美在那裡等大家。或許你會笑我們太迷信了。」

高之和伸彥面對面坐在森崎家的客廳時，伸彥露出寂寞中帶著幾分含蓄的笑容。
我很高興能夠參加。高之回答。
雖然朋美已經離開人世，但高之並沒有和森崎家斷絕來往。他經常受邀去森崎家吃飯，高之也常常去他們家探視他們。朋美的父母，尤其是朋美的母親厚子仍然把他視為未來的女婿。
高之對於繼續和他們來往並沒有任何不滿，這對於他的工作也有正面的幫助。森崎伸彥開了一家製藥廠，但對影視、文化等方面都很有興趣，有很多這方面的人脈。高之的公司也是在伸彥的協助下，才漸漸有了起色。
因此，如果朋美沒有發生意外，他們順利結了婚，高之的前途一定更加光明燦爛。
不——
高之看著擋風玻璃前方，輕輕搖了搖頭。他想起自己曾經發誓，絕對不要去想這些事。
他行駛在九彎十八拐的坡道上，駛下最後一個稍長的坡道後，眼前出現一個湖泊。高之把方向盤轉向左側，行駛在湖畔的道路上。自從決定在這裡結婚後，他曾經多次造訪這裡，朋美每次都坐在副駕駛座上，和他談論著對新生活的夢想。然而，今天只有自己孤單一人。
道路右側有好幾條宛如樹枝般的小路，高之在經過一家熟悉的餐廳後，把車子駛入了其中一條小路。

小路兩旁有不少小型別墅。沿著小路行駛了一會兒，便出現了一棟很氣派的大房子，庭院也很寬廣。原來在別墅區也有地位的高低之分。在小路的盡頭，有一棟特別大的歐式房子。

他把車子駛入用鐵柵欄圍起的庭院時，發現停車場內已經停了兩輛車子。

高之拿著行李下了車。

「嗨！」

頭上傳來聲音。抬頭一看，森崎利明正從窗戶中探出身體。利明是朋美的哥哥，原本將成為高之的大舅子。

「你好，其他人呢？」

「爸爸他們去散步了，其他人還沒有到。」

「但我看到有兩輛車子。」

「那是下條的車子。」

伸彥和他的妻子厚子不會開車，難道他們帶了司機？

利明指著比較小的那輛車說道。

「下條？」

「新來的祕書，你不知道嗎？他們一起去散步了。」

「是喔……」

高之不知道森崎董事長有新祕書的事。
「總之，你別站在那裡，趕快進來吧。我正在為找不到人喝酒感到無聊呢。」
聽到利明這麼說，高之抱著行李袋走向門口。玄關有一扇木製大門，高之抬頭看向木門的上方，感到有點驚訝。因為門上掛了一個木雕的面具。雕工很粗獷，也沒有上色，瞪大的眼睛和向兩側張開的大嘴有一種神奇的威力。應該是出國旅行時買的驅魔面具。他記得以前朋美曾經提起，她父親經常買一些莫名其妙的東西回來。
高之在面具的俯視下打開了門，立刻有一種不祥的預感，但這當然是毫無根據的預感而已。
他脫下鞋子進了屋，前面是一道玻璃門。應該是考慮到冬季會有冷風灌進來，所以特地設計了兩道門。
進屋後右側的挑高空間是酒吧，酒吧外是陽台，陽台外就是湖泊。站在陽台上，可以發現這棟別墅就建在湖畔。剛才從湖畔的道路駛向旁邊的小路，以為遠離了湖泊，其實只是錯覺。
利明從旁邊的樓梯上走了下來，他穿著 POLO 衫和短褲。
「先來喝一杯吧。你一個人從東京開車來這樣，一定累了吧？」
他走去餐廳，雙手各拿了兩罐啤酒走了出來，來到可以眺望湖泊的陽台上。陽台上放著木製的白色桌椅。利明坐了下來，高之也在他對面的椅子上坐了下來。

利明在伸彥的公司上班，擔任主管。他不過三十出頭，就已經是部長了。

「這次除了森崎家的人以外，還有誰來這裡？」

高之問。利明喝了一口啤酒後回答：

「篠家的父女，你應該認識吧？」

「我知道，朋美曾經介紹我們認識，之後也見過幾次。篠一正先生是你們的舅舅吧？」

「是啊，他是我媽的弟弟——你也快喝啤酒吧。」

「好。」高之也伸手拿了啤酒，啤酒很冰，他拿酒的手指都有點發麻了。

「他太太和女兒都很漂亮。」

「是啊，但我舅媽沒來，好像是她娘家有什麼急事。」

「太遺憾了。」

高之說，利明放下啤酒，嘴唇上浮現了笑容。

「如果要鑑賞美女，我表妹就足夠了。雪繪越來越漂亮了。」

「對，她真的很漂亮。」

高之回想起篠雪繪的容貌，坦率地表達了自己的感想。

「雖然不能算是代替我舅媽，但有一個叫木戶的男人陪他們一起來。他是我舅舅的主治醫生，有時候我父親也會找他看病。」

「主治醫師？」

「我舅舅心臟不好，但不光是這樣，木戶的父親是我媽和舅舅的表哥，所以，他和我也算是遠親吧。」

「原來如此，那來這裡也很合情合理。」

高之說完，利明又露齒笑了起來。

「木戶有非想參加不可的理由。」

「什麼理由？」

高之放下正在喝的啤酒。

「你很快就會知道了。」

利明壓扁了啤酒已經喝完的空罐，打開了第二罐。「除此以外，還有朋美的閨中密友阿川桂子，你應該也認識她吧？」

高之點了點頭。朋美曾經介紹他們認識，桂子是朋美的高中同學，一看就知道很聰明。朋美說，桂子是她最好的朋友。

「再加上我們兩個人，總共是九個人。」利明說。

不一會兒，玄關傳來了動靜。玻璃門打開了，森崎夫婦走了進來。厚子一看到高之，便表情溫柔地走了過來。
「你一來就被利明拉去喝酒，真可憐。」
「不，我一路開車來這裡，也剛好渴了。」
「我就知道你渴了，所以才邀你喝一杯。而且，也要事先讓你瞭解一下今天有哪些人參加。」
利明笑了起來。
「根本沒這個必要，高之都認識啊。」
伸彥也走了過來，一個剪了短髮、一身中性打扮的高個子女人跟在他的身後，看起來有點像是寶塚歌舞團中女扮男裝的演員，高之看著她出了神。
「你沒見過她吧？」
伸彥問道，他似乎察覺到高之的表情。「她叫下條玲子，目前擔任我的祕書。」
「請多關照。」她微微欠身說道。高之也慌忙回禮。剛才聽利明說，伸彥有一個新祕書時，還以為是男性。
「高之，你睡最東側的房間。」
厚子指著挑高空間的上方說道。樓上的走廊旁設置了欄杆，欄杆後方可以看到好幾扇房門。

「就是朋美以前睡的房間。」

厚子用略微低沉的聲音說道。高之默默點了點頭。

「一正他們怎麼還沒來，明明說好中午過後就會到的。」

或許察覺氣氛有點感傷，伸彥抬頭看著牆上的掛鐘說道。掛鐘指向三點多。

「他們好久沒開車出門了，可能沿途順便走一走吧。我差不多該準備晚餐了。」

「我來幫忙。」

厚子走向廚房時，下條玲子也跟在她的身後。

「那我們就來殺一盤。」

伸彥坐在酒吧中央的小桌旁，那張桌子上畫著西洋棋盤，棋子放在抽屜裡。

「不，我先去換衣服。」

高之婉拒了。雖然他也很會下西洋棋，但不太想和伸彥對弈。

「那我來陪你吧。」

利明拿起啤酒站了起來。

「下定離手，落棋無悔喔。」

「和你下棋，哪需要用這招啊。」

「這麼說，和別人下的時候就會用嗎？」

「這也是一種策略。」

高之聽著他們父子的對話，拿起自己的行李袋上了樓。他走在走廊上，低頭看著酒吧內。厚子為他安排的房間位在二樓最深處。

原本以為房間內放滿了會令人回想起朋美的物品，沒想到房間內收拾得很乾淨。進門後左側是淋浴室，後方窗前放了一張床和小書桌。高之感到洩氣的同時，也鬆了一口氣。如果被有關朋美的回憶包圍，恐怕會夜不成眠。

打開窗戶，可以看到剛才來這裡時的路，蜿蜒的山路宛如樹林中的一條巨蛇。一輛車子沿著那條路駛來，是白色的房車。高之以前曾經看過那輛車。

高之很快換好了牛仔褲和T恤，去淋浴室洗了臉，走出了房間。他剛才就很在意自己的臉很油膩。

來到走廊上，看到篠雪繪正在酒吧內和利明、厚子說話。她一頭栗色的頭髮披在白色襯衫上。

高之沿著樓梯下了樓，雪繪聽到腳步聲抬起頭，驚訝地張著嘴。

「妳好。」高之說。

「你好，你什麼時候到的？」

「剛到不久，剛換好衣服。」

高之巡視周圍，「妳父親去洗手間了嗎？」

「不，不是的，」

穿著圍裙的厚子皺著眉頭說：

「他臨時有緊急的工作，所以不能來了。雖然我不知道他有什麼重要的工作，但這種時候應該請別人代為處理嘛。」

「正因為沒辦法請別人代為處理，所以才緊急啊。他說處理完之後就會趕過來，有什麼關係嘛。」

伸彥安慰道。

「所以，妳一個人來的嗎？」

高之問。雪繪輕輕搖了搖頭。

「不是，是木戶開車載我來的。」

她的話音剛落，高之身後傳來玻璃門打開的聲音。一回頭，看到一個男人身穿西裝站在那裡。他的臉很大，和身體有點不太成比例。皮膚很白、鼻子很大、眼睛和嘴巴則很小，很像是浮世繪中的演員。他的年紀大約三十多歲。

雖然利明剛才已經說明過了，但還是再度把木戶信夫介紹給高之認識。原來木戶的父親開了一家醫院。

「我在朋美的葬禮上見過高之先生，原本想和你打招呼，但你那時候似乎很忙。」

木戶說話的語氣很客氣，但高之發現他的雙眼打量著自己，似乎在掂自己的份量。

「雪繪，妳的房間在二樓最右側，妳應該知道吧？」

厚子問。雪繪點了點頭，拿起行李袋，木戶慌忙伸出手說：「我來拿。」

「不用了，反正很輕。」

雪繪冷冷地說道，邁著輕快的腳步上了樓。

「信夫，你的房間在左邊數過來第三間。」

厚子看到木戶一臉尷尬，慌忙對他說。

「喔，好啊。」他回答後，拿起了自己的行李袋。

當雪繪他們離開後，厚子走回廚房，伸彥和利明重新坐在棋盤前。高之也把椅子搬到他們旁邊坐了下來。

「現在只剩下阿川了。」

伸彥低頭看著棋盤說道。

「她說要搭電車來，可能打算到了車站之後搭公車。」

「我告訴過她，只要打一通電話，我就去車站接她。」

利明才剛說完，就響起低沉的鈴聲。高之環視室內，不知道是什麼聲音。

「是玄關的門鈴，」伸彥說，「真是說到誰，誰就馬上出現。應該是阿川吧。」

「我去開門。」

高之站了起來。

他打開玻璃門，又打開了木門，但站在門口的並不是阿川桂子。兩名身穿制服的警官用懷疑的眼神打量著這棟別墅。

「有什麼事嗎？」

高之問，兩名警官才終於發現有人開門了。

「你是別墅的主人嗎？」

年紀稍長的警官看著他問道。

「我不是屋主，只是客人。」

「原來如此，」警官點了點頭，「我們有事想要請教一下。」

「什麼事？」

「請問你們有沒有在這附近看到可疑人物？」

「可疑人物？男人嗎？」

「對，男人。」年輕的警官回答。

「不清楚。」

高之輪流看著兩名警官的臉，偏著頭說：「我剛到不久，所以不太清楚。」

「還有其他人嗎？」

「除了我以外，還有六個人。」

「他們也都是今天到的嗎？」

「對。」

高之回答，警官噘著嘴，抓了抓下巴。

「不好意思，可不可以請你問一下其他人？」

「可以啊……」

但已經沒這個必要了。不知道是否聽到了他們的對話，伸彥和利明已經來到他的身後。

「發生什麼事了？」伸彥問。

「不，不是什麼大不了的事……只是想請教一下，有沒有在這附近看到形跡可疑的男子。」

中年警官重複了剛才的問題。

「形跡可疑的男子？我剛才和妻子去散步時，沒有發現特別奇怪的事。」

「其他人都剛到這裡，還沒有離開過別墅。」

利明補充道，警官露出失望的表情。

「如果看到可疑的人物，可不可以請你們馬上通知我們？我們就在這條路出口的派出所內，絕對不會給你們添麻煩。」

「好，兩位辛苦了。」

伸彥說完，兩名警官沿著前方的路離開了。

回到酒吧內，雪繪已經下樓了。她問發生了什麼事，高之把警官的事告訴了她。

「是不是發生了什麼事？」

雪繪露出不安的表情。

「十之八九是色狼吧。」

利明若無其事地說完，再度坐回棋盤前。

「真讓人擔心，晚上要鎖好門。」

不知道什麼時候已經換好衣服的木戶信夫瞥著雪繪說道。

「原本這一帶都沒有這種問題，這裡的素質也越來越差了。」

伸彥嘆著氣說完，移動了棋子。「但如果這附近有色狼，阿川一個人來這裡真讓人擔心，真希望她到車站後會打電話來。」

「她不會有問題的。」

利明很有自信地說。

利明果然沒有說錯，三十分鐘後，阿川桂子到了。她說是從車站搭公車來的。

「不好意思，我遲到了。」

桂子鞠躬道歉。她一身牛仔褲加短袖針織衫的輕鬆打扮，臉上也幾乎沒有化妝，讓她看起來有點冷漠的長相感覺柔和了不少。她比高之之前見到她時更有女人味了。

「對啊，等了很久了。喂，阿川來了。」

伸彥大聲叫道，厚子她們也從廚房內走了出來。雪繪似乎也在廚房幫忙。

「歡迎歡迎，是不是累壞了？」

厚子微笑著說。

「不會，大家似乎都很不錯。」

桂子的視線巡視著其他人，目光停留在雪繪身上。「雪繪，妳今天也特別漂亮。」

「啊……」

不知道是否太突然了，雪繪紅著臉，低下了頭。桂子用銳利的眼神看了她一眼，隨後問厚子：

「妳們在準備晚餐吧？我來幫忙。」

「啊喲，不用了啦，妳先休息一下。」

厚子搖著手。

「不，一定要讓我幫忙。」

桂子一臉嚴肅地說道，「朋美以前不是也常幫忙下廚嗎？我今天來這裡，是打算當朋美的分身。」

「桂子……」

「有什麼關係嘛，就讓她幫忙一下嘛，」伸彥說，「阿川在這裡和我們這些男人在一起也很無聊。」

「是嗎……那我去拿圍裙。」

「不，我自己有帶。」

桂子打開行李袋，拿出一件圖案漂亮的圍裙。

目送她走進廚房後，幾個男人再度回到棋盤前。

「所有的角色終於都到齊了。」

伸彥拍了一下大腿。

2

晚餐的第一道菜是前菜，每個人的杯子裡都倒了葡萄酒。厚子的廚藝精湛，所以，朋美雖然是大家閨秀，但任何料理都難不倒她。可能是因為眼前這些菜的調味和朋美的手藝完全一樣，高之不由地回想起曾經多次吃過朋美親手做的料理。

吃飯時，大家聊到阿川桂子日前發表的小說。她在去年以二十二歲的年紀，獲得了某小說雜誌的新人獎，之後，她辭職離開了剛進的公司，專職創作。

「看了妳的小說，覺得妳對戀愛瞭解得很透徹，這些體會到底是哪裡來的？」

已經開始喝兌水酒的伸彥露出納悶的表情問道。

「當然大部分純屬想像，每次都在腦袋裡想像，如果有這樣的戀愛方式也不壞。」

桂子很謙虛地表示。

「大部分是靠想像，代表也有小部分自己的經驗囉？」

高之並不是在調侃她，而是真心發問。

「雖然不能說完全一樣，只是偶爾也會結合自己的經驗，但這種情況很少，我沒騙你。」

「真希望有機會見識一下阿川實際的戀愛經驗。」

伸彥說道，有幾個人笑了起來。

「話說回來，桂子能夠成為作家真是太了不起了。以前妳和朋美一起學芭蕾，妳之後去讀大學果然是正確的決定。」

「因為我知道自己沒有跳芭蕾的才華，但又沒有特別想做的事，所以就決定進大學再說。」

厚子拿著刀叉的手停了下來，看著桌上花瓶底部。

「也不知道朋美到底有沒有芭蕾方面的才華，如果她沒有繼續跳芭蕾，也許很多事都不一樣了……」

她的這番話足以使眾人沉默。

「這種時候別說這些了，之前不是約定不談感傷的事嗎？高之也在這裡。」聽到伸彥的話，厚子低著頭，露出寂寞的笑容。然後，她抬起視線向高之道歉。

「對不起，你不要介意。」

「不，沒這回事。」他回答。

不知道是否為了化解沉重的氣氛，伸彥宣布，明天為大家準備了水上摩托車遊湖。

「不能玩滑水嗎？」

剛才不停地和身旁的雪繪說話的木戶信夫，第一次用所有人都能夠聽到的聲音說話，

「我有時候會借朋友的船玩滑水。」

「原本沒有準備，如果你們想玩，我來想想辦法。下條，有辦法張羅嗎？」

「應該沒問題。」

下條玲子很乾脆地回答，高之有點驚訝。因為如果換成是他，可能無法在短時間內準備

好滑水的工具。但也許正因為她有能力辦到，伸彥才會僱她擔任祕書。

「妳現在在妳父親那裡做得還好嗎？上次聽妳說，好像很辛苦。」

高之問只隔了一個桌角的雪繪。剛才坐在雪繪另一側的木戶一直在和她說話，他沒有機會發問。

「基本上已經適應了，我做的只是簡單的事務工作。」

雪繪拿著葡萄酒杯，有點羞赧地說道。她白皙的肌膚上帶著一抹紅暈，應該是喝了白葡萄酒的關係，瞳孔顏色很淺的雙眸有點濕潤。

「但經營方面還是很辛苦，現在比以前競爭更加激烈了。」

「我也經常聽說。」

雪繪的父親篠一正經營補習班，招生對象是國小和國中學生，以前因為名聲良好，所以有學生特地從很遠的地方來補習，但最近學生人數減少了。不是因為補習班本身品質下降，而是因為有很多補習班靠電腦和網路招攬學生，以傳統方式經營的補習班不再有吸引力。

身為姊夫的伸彥曾經對一正說，在資金的問題上，隨時可以支援他。一正雖然深表感謝，但還是很客氣地婉拒了。

雪繪希望能夠助父親一臂之力，所以大學畢業後，沒有去外面找工作，而是在父親的補習班幫忙。

「我爸爸說，現在學生人數也減少了，所以比以前更難經營了。」

「我也這麼聽說，之前在報紙上看到，目前的出生率逐年下降。」

「你們在說補習班的事嗎？」

剛才和伸彥他們在討論滑水的木戶突然把和身體不成比例的大臉湊到雪繪面前。

「對啊。」雪繪點了點頭，沒看他一眼。

「補習班啊，」木戶誇張地皺著眉頭，「雖然我不好意思說，但我覺得妳父親也該趁早放棄了。如果真的想經營下去，就乾脆擴大營業。按照目前的方式，經營會越來越困難。」

「但我爸爸說，需要有像我們這樣的補習班，這已經變成了他的口頭禪。」

雪繪仍然沒有轉頭看木戶。

「他認為比起考試技巧，人格教育更重要嗎？但那些學生的家長可不認同這種想法。」

木戶越靠越近。由於靠得太近了，高之很擔心他在說話時，會把口水噴進雪繪的碗裡，所以根本沒注意聽他說話。

「而且，」木戶喝了一口水，稍稍坐直了身體繼續說道，「我也無法贊成妳沒有到外面公司做事，直接去幫忙妳爸爸的補習班。我之前也說過，妳應該去未知的世界闖一闖，這比工作本身更重要。」

「我也這麼覺得……」

「對吧？現在也不遲。比方說，妳也可以來我們醫院上班。」

木戶張大的單側大鼻孔微微抽搐著。說了半天，這才是他的重點。

「是啊，但我想再幫我父親一陣子。」

雪繪露出微笑，拉開椅子站了起來。厚子去廚房拿料理，她似乎打算幫忙。木戶精心設計的對話被雪繪輕易閃避掉了，露出了失望的表情。

利明下午向高之介紹木戶時，曾經說他有非要參加這次旅行不可的理由。高之看著他的鷹鉤鼻，心想應該就是指這件事。

高之也覺得雪繪的確是一個很漂亮的女人，他在去年的聖誕節晚上第一次見到她。原本打算和朋美兩個人在東京的一家餐廳歡度聖誕，但朋美問他，可不可以找她表妹一起來。

「她比我小一歲，從小大家都把我們當雙胞胎。去別墅的時候，我們也經常在一起玩。我以前就和她約定，只要我們有一方交到男朋友，就要在聖誕節的晚上介紹給對方認識。」

朋美說話時露出了帶著稚氣的笑容。

「我沒有問題，但妳突然找她沒問題嗎？」

「沒關係，她應該就在那裡等著，我馬上叫她過來。」

朋美向他拋了一個媚眼後站了起來。

當雪繪出現時，高之發現她人如其名，皮膚像雪一樣白皙。她穿了一身深色衣裳，更襯托了她的白皙。她的身材和朋美相仿，但長相和身體的細部曲線不太一樣。她和朋美一樣，都散發出少女般的清純氣質，可能是來自家族的遺傳。只是她不像朋美那麼活潑，個性溫順，舉止文雅。

雪繪雖然不跳芭蕾，也沒有玩什麼樂器，但喜歡鑑賞藝文表演。因此，當高之和朋美有機會觀賞芭蕾舞或聽音樂會時，有時候會邀她同行。「我好像變成了電燈泡。」有一次，雪繪這麼說。朋美回答她：「今晚我們不單獨約會也沒關係。」

因為這樣的關係，高之和雪繪的父親一正之間也有生意上的往來。一正曾經和高之討論，希望在補習班使用自己錄製的錄影帶教材。雖然最終並沒有實現，但當時雪繪也一起參與討論。

——但是，之前不曾聽說有木戶這個男人。

高之看著木戶的側臉。既然是遠親，代表他們之間很早就認識了。以他們的年齡差距來看，木戶二十多歲時，雪繪才剛讀小學或中學，難道這個男人一直沒有談過戀愛，在內心孕育對她的愛嗎？雖然高之覺得不太可能，但覺得他身上散發出一種偏執狂的氣息，所以搞不好也有這種可能。光是想像這種狀況，高之就覺得有點反胃。

吃完飯後，所有男士都在酒吧喝酒，不一會兒，收拾完的厚子和雪繪也加入了他們。伸彥開始和下條玲子下西洋棋，高之受利明之邀，和雪繪、阿川桂子一起打撲克牌。厚子忙著為大家送飲料，高之很好奇木戶在幹什麼，斜眼觀察他，發現他果然把椅子端到雪繪旁，開始指導她的牌技。雪繪不時露出不悅的表情，但並沒有抱怨，木戶高興地說：「我們是雪繪、木戶合作隊。」

阿川桂子果然牌技高超，完全在高之的意料之中。雖然她手上的牌並不是特別好，但她既謹慎又大膽，面前很快就堆滿了贏來的籌碼。

「即使妳手上的牌不怎麼樣，也敢去打賭，不光是穩紮穩打而已。妳很有賭博的天分。」已經輸了不少籌碼的利明心灰意冷地說道。

「對啊，我很容易讓想法表現在臉上……我果然是膽小鬼。」

雪繪說著，把牌倒扣在桌上。

「雪繪，我不覺得妳是膽小鬼。」

桂子把自己的牌緊緊握在胸前，「我很清楚，妳在緊要關頭會下重手。」

「……是嗎？」

雪繪露出靦腆的表情看著高之和利明。

「搞不好就是這樣，」利明也輕聲嘀咕，「朋美是行動派，妳感覺比較文靜，但搞不好朋美還比較膽小。她整天跳芭蕾，個性也很天真。」

「朋美很膽小，我可以打包票。」

拿了新飲料來的厚子似乎聽到了他們的談話，接下了這個話題，「小時候她就不敢在黑暗的房間睡覺，出門的時候，都會緊緊抓著我的手。」

「她個性很活潑，所以看起來很好勝，她去遊樂園時最喜歡坐雲霄飛車。」

「沒錯、沒錯，」厚子瞇起了眼睛，「所以，她開始學開車時我很擔心，怕她車子開太快了……沒想到果然……」

她似乎想起了車禍的事，聲音哽咽起來。

「喂！」

伸彥似乎擔心厚子一談起女兒的事，又會讓氣氛變得很凝重，所以趕緊制止道。

「好，我知道，對不起。」

厚子再度難過地閉了嘴，轉身離開了，但阿川桂子叫住了她。

「我覺得朋美開車很小心。」

她尖銳的語氣讓空氣凝結。不光是在打牌的人，連伸彥和木戶信夫也都看著她。

沉默中，她繼續說道：

「我絕對不相信她會超速，之前發生那次車禍後，她深切體會到開快車有多危險。」

「那又怎麼樣呢？」利明看著桌上的牌，「無論再怎麼叮嚀她，她最後還是發生了車禍，而且，」他停頓了一下，「還因為那起車禍送了命。」

「所以，」

阿川桂子巡視所有人後，用壓抑的聲音說，「我認為那起車禍很可疑，有很多地方我無法接受。」

所有人聽了她的話都不敢出聲，窺視著其他人的表情。高之也一樣。有一件事很明確，那就是在場的所有人都不覺得她在胡說八道，也知道早晚會有人提出這個疑問。

「哪些地方讓妳懷疑？」

高之代表其他人發問。他對朋美的死也有幾個疑問，總覺得不像是單純的車禍。

「我覺得有人殺了朋美。」

桂子的神色凝重，一口氣說出了重點。其他人頓時陷入了沉默，似乎被她的氣勢嚇到了。

終於有人說出來了。終於有人把大家心裡想了很久，卻始終沒有說出口的話說出來了。

「有人……殺了朋美？」

最先開口的利明問，「妳這麼說是有什麼根據嗎？」

「根據很多情況。」

桂子的聲音充滿自信。

「雖然我不清楚兇手有什麼動機，但朋美絕對是被人殺害的。」

「但是，」雪繪似乎想要化解眼前凝重的氣氛，「警方不是針對那起車禍做了詳盡的調查嗎？結果認定是車禍，不是嗎？」

「誰知道警察到底調查了什麼，又調查到何種程度。我聽朋友說了之後，才知道警察做事有多馬虎。」

「不，這點可能妳想太多了。」

始終想避談這個話題的伸彥轉身面對桂子，可能覺得事到如此，已經想避也避不了了。

「那起車禍對我們打擊很大，所以，我們曾經懷疑了各種可能性。車子是否發生故障？是否被一旁危險駕駛的車子影響，導致方向盤操作失誤？但最後還是否定了所有的可能。」

桂子完全無法接受。

「伯父，我說的是朋美被人殺害了，和車子故障沒有任何關係。」

「妳聽我說，」伸彥伸出手，似乎想要安撫桂子的激動心情。「車子沒有故障，代表沒有被人動過手腳。因為現場有目擊者，所以知道並不是被其他車子逼車，才會墜落懸崖。根據那位目擊者證實，朋美的車子並沒有放慢速度，而是直接衝向護欄，現場也沒有煞車的痕跡，證實了目擊者的證詞。」

「所以，警方認為她在開車時睡著了……這是唯一的可能性。」

厚子雙手握緊圍裙的角落。

「那一陣子，她真的累壞了。」

高之說話時，知道那是自己的錯。

「在連續彎道的山路上，即使再怎麼累，也不可能想睡覺。」桂子搖著頭說道，「照理說，在山路上開車應該會緊張才對。」

「這就不得而知了，」利明說，「可能因為持續性的緊張，導致神經疲勞。我在尖峰時間開車時，有時候也會想睡覺。」

「你們不知道朋美之前發生車禍後，開車有多小心嗎？」桂子有點生氣地說，「她說討厭車禍，甚至說以後再也不開車了。如果是其他人，可能只是暫時反省一下，過一陣子又故態復萌，但我相信你們也知道，她不是這種人。」

「我知道，我最清楚了。」厚子說，「但因為非不得已，所以她不得不開車。她說，如果不開車，就會造成高之的困擾，其實她內心很害怕。」

後半部分不是對大家說，而是對高之一個人說的。

「我也知道朋美開車習慣和以前不一樣了，我曾經好幾次坐她的車子。但車禍時的狀況顯示她真的在開車時睡著了，那該怎麼解釋呢？」

伸彥露出挑釁的眼神看著阿川桂子，她直視著伸彥回答說：

「應該是安眠藥的關係。」

「妳說什麼？」

「安眠藥，朋美一定被人設計吃下了安眠藥。」
「怎麼設計？」
伸彥看到桂子不斷提出自己的想像，露出厭煩的表情。
「只要混在她服用的藥物中，或是調包之類的，很簡單啊。」
「即使真的有辦法讓她吃下安眠藥，也是很不可靠的手法。」
剛才始終不發一語，決定當一個旁觀者的木戶信夫開了口。「每個人服用安眠藥的效果不同，無法推測什麼時候會開始發揮作用。而且，朋美的個性很謹慎，感覺自己想睡覺時，可能會把車停在一旁睡一下。如果是藥效很強的安眠藥，可能在開車前就開始發揮作用了。」
木戶抖動著鼻翼，似乎表示這種事還是要交給專家處理，然後轉頭徵詢雪繪的意見。雪繪低著頭。
「妳對木戶先生剛才說的問題有什麼看法？」
高之問阿川桂子，但內心覺得桂子這麼聰明，這種程度的問題根本難不倒她。
桂子果然沒有讓高之失望，她當然準備了反駁的意見。她輕輕深呼吸後說：
「有可能是未必刻意。」
果然是這樣。高之也在心裡點著頭。
「也就是說，兇手覺得即使計畫不成功也無妨。反正朋美已經把藥吃掉了，事跡不會敗露，下次再找機會下手就好。如果朋美真的死了，就等於賺到了——兇手應該是這麼想的。」

「原來如此。不愧是作家，看問題很深入。」

木戶因為和朋美的關係不是那麼密切，所以沒有任何顧慮，帶著欽佩的語氣說道。其他人都露出痛苦的表情。

「也許真的可以這麼認為，」雪繪窺視著大家的表情，戰戰兢兢地說道，「但事情會這麼順利嗎？我不認為可以輕易設計小朋吃安眠藥，又不被她發現。」

阿川桂子開口想要回答，又改變了主意，閉上了嘴。高之覺得能夠瞭解其中的理由。桂子應該想要說，如果是和朋美很熟的人，完全有可能做到。但是，她沒有說出來是正確的。因為，符合這個條件的人都在現場。

「那就先到此為止吧。」

伸彥看到阿川桂子沒有說話，便趁勢開了口，「因為這不是什麼愉快的話題。雖然至今仍然無法相信朋美死了，但更不願意相信有人想要殺她。我不想去思考這個問題。」

桂子想要說什麼，但被他制止了，「而且，請各位不要忘了。這次招待大家來這裡，是為了讓大家好好放鬆——好了，那我就先去洗澡了，你們可以繼續喝酒，繼續玩樂。這裡和大城市不一樣，不會影響到鄰居。」

「我去看一下洗澡水。」

厚子也跟在伸彥身後走了出去。

剛才的話題硬生生被打斷了，阿川桂子一臉悵然地坐在那裡，讓人看了於心不忍，沒有人跟她說話。利明走進廚房倒酒，木戶走回自己的房間。

不一會兒，桂子猛地站了起來，一臉受傷的表情走上樓梯，隨即聽到樓上傳來用力關門的聲音。

高之起身準備走去陽台。聽了剛才的討論，腦袋有點發熱。但是，他看到下條玲子低頭在棋桌前寫什麼，忍不住停下了腳步。她用很小的字在筆記本上記錄。

「妳來這裡還不忘工作嗎？」

高之問。玲子抬起頭，立刻闔起筆記本，就像是做壞事被人抓到的小孩。

「不是工作，但董事長經常叮嚀我，所以就養成了習慣。」

「習慣？」

「記錄大家的談話。董事長曾經吩咐，他和別人見面時，要盡可能詳細記錄他們間的談話。如果用小型錄音機錄音後再聽寫會很花時間。」

「剛才的談話妳全都記錄下來了嗎？」

高之驚訝地眨著眼睛。

「所以，這只是我的習慣，不知不覺就做起了記錄。」

下條玲子苦笑著。這時，利明單手拿著裝了蘇格蘭威士忌的酒杯走了進來。

「這個習慣很不錯啊，只是剛才的對話被妳記錄下來，似乎不怎麼讓人高興。因為對森崎家來說，並不是什麼好事。」

「但是談話的內容很有意思，讓人充分瞭解到大家都很愛朋美小姐，如果讓你感覺不舒服，我可以銷毀。」

玲子拿起筆記本。

「那倒不必，也許可以留作紀念。而且，我爸爸日後可能會問妳那天的談話到底說了些什麼。先不管這些，我們繼續下棋，我剛才吃掉了妳的皇后吧？」

利明在棋桌前坐了下來。

「不是，是我吃掉了你的騎士，準備將你的軍。」

下條玲子淡然地接受了他的玩笑。高之覺得雖然玲子很不起眼，但很獨特。

來到陽台上，聞到一股木頭的香味。經過湖面吹來的風拂在發燙的臉上很舒服。今晚沒什麼雲，在城市中很難看到這麼多星星。

他把雙肘架在欄杆上，仰望著天空。這時，背後傳來說話的聲音，「要不要喝咖啡？」回頭一看，雪繪拿著的托盤上放了兩個馬克杯，面帶微笑看著他。

「謝謝，那我就不客氣了。」

「我也可以在這裡喝嗎？」
「好啊，請便。」
高之和雪繪面對著湖的方向，並排坐在椅子上。
「照理說，應該是小朋坐在這裡。」
雪繪抬眼看著高之。高之露出驚訝的表情，她慌忙用手遮著嘴，不知所措地說：「對不起，我太多話了。」她的臉頰到脖頸的肌膚宛如少女般光滑細膩，再加上有一雙大眼睛，看起來像法國的人偶般可愛。
「不用介意，我已經沒問題了。」
高之安慰道。
「你們的新家怎麼處理的？」
「終於整理好了，家具和電器都送回森崎家了，雖然朋美的父母說，我可以繼續留著用，但我還是不想這麼做。」
「我想也是……」
高之說的是朋美的嫁妝。在朋美死前不久，他們才剛搬完家，新買的家具和電器都送到高之的家中。那是他們決定結婚後才租的房子，雖然朋美的父母說會資助他們，希望他們趁這個機會買房子，但高之不想太麻煩朋美的父母。

朋美的東西都送回森崎家了，如今，高之獨自住在過度寬敞的家裡。

「關於剛才的事，」雪繪用手指摸著馬克杯的圖案，略帶遲疑地說。「因為桂子突然說那些話，我有點嚇到了。我之前完全沒有這麼想過。」

「妳說沒有這麼想過，是指朋美可能被人殺害這件事嗎？」

「對。」她回答。高之點了點頭。

「通常都這樣，誰都不願意朝那個方向去想。」

「通常是指？」雪繪追問道，「所以，你也和桂子想的一樣嗎？」

「只是隱約有這種感覺，並沒有像她那麼明確。」

高之說完，喝著咖啡。風吹在身上有點冷，熱咖啡顯得特別好喝。「每個人在談論別人的事時都可以保持冷靜，一旦遇到和自己密切相關的事，往往就陷入當局者迷的情況。雖然很多人都因為車禍喪生，但我內心還是無法接受朋美因為這種平凡的理由而死。我相信阿川小姐也一樣。」

雪繪看著雙手捧著的馬克杯。

「但是……我無法相信有人想要殺小朋，桂子並沒有明確說明動機的問題，高之先生，你能想到有什麼動機嗎？」

「不，我也完全沒有頭緒。」高之回答。

「如果……真的只是假設而已，如果真的像桂子所說的，有人動了手腳，想置小朋於死地，你當然會痛恨那個人吧？」

雪繪用充滿真誠的眼神看著高之。高之在回答之前，思考著她為什麼會問這個問題，但想不出明確的理由。

「那當然，」高之說，「如果有人故意置朋美於死地……的話，但是，我想應該不會有這種事。我相信不會有人動這樣的手腳。」

「……是啊，我也這麼相信。」

雪繪似乎對自己剛才露出嚴肅的表情感到有點害羞，微笑著說：「我有寫日記的習慣，這次也帶來了，真不知道該怎麼寫今晚的事。」

「就照實寫吧。」高之說。

「好，那就這麼辦。」她也點了點頭。

「朋美的事就先告一段落，來聊聊妳的事吧。妳有沒有認識到不錯的對象？」

雪繪露出和剛才不同的笑容，但沒有說話。

「妳和剛才那位木戶先生的關係似乎不錯。」

高之提起他有點在意的事，雪繪露出難以形容的憂鬱表情。

「以前我爸爸和他爸爸一起喝酒時，曾經聊過要不要把我們湊成一對。我爸爸說，他只是開玩笑而已，但對方似乎當真了……之後，木戶先生就不時邀我去看電影或吃飯，我每次都說沒空，一直逃避他。」

「據我的觀察，木戶似乎對妳情有獨鍾。」

「他人不壞啦。」

雪繪把雙肘放在桌上，微微偏著頭，「該怎麼說？我無法接受他身上某些屬於他本性的部分……總之，我很難想像他成為我戀愛或結婚的對象。」

雪繪的意思應該是她在生理上無法接受這個男人，但可能認為說得這麼露骨有失體統。

「既然妳已經有了定見，乾脆和他把話說清楚。他看妳的眼神簡直就像在看只屬於自己的寶物。」

「我也打算這麼做，但他對我很好，所以很難說出口。而且，他也沒有向我求婚，我也無從拒絕。」

木戶自以為已經是雪繪的未婚夫了，可能覺得根本沒必要再求什麼婚。高之雖然有點著急，但還是沒有把話說出口。

高之喝完咖啡時，身後傳來玻璃門打開的聲音。回頭一看，木戶信夫一臉訝異地站在那裡。他似乎剛洗了澡，身上穿著睡衣，頭上還冒著熱氣。高之覺得他現在看起來像是太嫉妒，所以氣得七竅生煙。

他輪流看著高之和雪繪，用質問的語氣問：「妳在這裡幹什麼？」

「我們在聊小朋的事，對不對？」

聽到雪繪的發問，高之點了點頭，但木戶根本沒有看他。

「我在離席之前，不是叫妳等一下來我房間，妳沒聽到嗎？我等了妳半天。」

難怪他剛才乖乖回了二樓，原來是這麼一回事——高之終於懂了。然後，他在雪繪去他房間之前，急急忙忙洗了澡。

「對不起，但我今天已經很累了。」

木戶撇著嘴，雙手扠在腰上，假裝在眺望遠處的風景。

「妳一直在這裡嗎？原來如此，優美的景色真不錯啊。」

他用諷刺的語氣說道。

「那請你坐這裡吧，我要回房間了。」

雪繪把兩個馬克杯放在托盤上，轉身離開了陽台。木戶和高之顯得很尷尬。

「好……我也要去洗澡睡覺了。」

高之也站了起來。他和木戶之間無話可談。

「樫間先生，請等一下。」

沒想到木戶叫住了他。木戶走到高之身旁，抬頭看著他。「我很同情你的遭遇，也能充分體會你的悲傷，但是──」他的鷹鉤鼻努了一下，「我認為找雪繪小姐充當安慰的角色似乎不太妥當。」

他被雪繪放了鴿子，似乎想找麻煩。

「我完全沒有這個意思。」

「是嗎？那就好。聽我的奉勸，最好不要有不切實際的期待。」

別搶我的台詞。高之很想這麼對他說，但還是把話吞了下去，轉身離開。

3

即使躺在床上，高之也久久無法入睡。這裡是朋美的房間，這是朋美以前睡過的床，也許是受到了這種意識的影響，他不可能不想起她。

他好不容易昏昏睡去，但在半夜又醒了。他的情緒還是無法平靜下來，也許周圍太安靜反而不容易入睡。

高之把雙手放在腦後，在黑暗中張開了眼睛。今晚的風很大，窗外傳來樹林的沙沙聲。

他思考著朋美的死，想到了晚餐後，阿川桂子說的話。

高之認為她的疑問合情合理。正如她說的，自從那起車禍後，朋美開車時簡直和之前判若兩人。之前，她就像其他年輕人一樣，開車時追求飆速快感，自從那起車禍後，她從來沒有超過速限十公里的紀錄。在日本目前的開車族中，這種優良駕駛人已經很少見了。

兩年前的那起車禍改變了朋美的人生，也改變了高之的命運。

高之至今仍然清楚地記得當時的事。那天，他在雨中的甲州街道上向西行駛。因為他要為某食品公司拍攝錄影帶，要將公司的度假中心、度假設備拍成影像，去各大學招募員工時播放給學生看，所以，廂型車後方裝了很多攝影器材。

廂型車上只有高之一個人，其他工作人員已經開車先行前往了。

他沿途並沒有超速。因為車上的攝影器材不耐撞擊，所以他比平時更加小心地開車。既沒有超別人的車，也始終行駛在最左側的車道上。沿途都沒什麼車。

不知道開了多久，聽到很吵的引擎聲。高之瞥了照後鏡一眼，發現後方有一輛紅色跑車以驚人的速度從右側車道快速靠近。

這時，高之前方二十公尺左右的車子剛好打了右側的方向燈，車子切換到右側的車道。那輛車的方向燈繼續閃爍，漸漸放慢了速度，在馬路中間停下來等待右轉。後方的紅色跑車原本想行駛右側車道，但似乎對前方的障礙物感到不耐煩，就轉入了左側車道，也就是高之的車子後方，而且，就像其他喜歡飆速的車子一樣，沒有保持足夠的安全距離。

——後面的車子真討厭。

高之忍不住這麼想。

正當他準備超越剛才那輛準備右轉的車輛時，有什麼東西從人行道上滾到馬路上。是一顆小足球。但是，還沒有看清楚之前，高之就踩了煞車。輪胎發出慘叫聲，車身沒有立刻停止，繼續向前滑行，車上的攝影器材倒了下來。

接著，有什麼東西從後方撞了上來。駕駛座的椅背重重地撞向他的身體。高之立刻知道，是剛才那輛紅色跑車撞了上來。

但是，紅色跑車並不是直直地撞向他的車子，司機似乎把方向盤向左打，打算從左側閃避，在撞到高之的廂型車左後方後，車子仍然沒有停下來，以驚人的速度撞向人行道上的電話亭。

高之屏住呼吸，一下子無法動彈，隨即打開車門，緩緩下了車。「你沒事吧？」停在旁邊那輛車的司機問他。他輕輕舉起手，示意自己沒事。

紅色跑車撞壞電話亭後，又撞到了電線杆，前面四分之一的車體被擠成一團。擋風玻璃和電話亭的玻璃都碎了，地上到處都是大小不一的玻璃碎片。

那輛車的駕駛座在左側，車上只有司機一人。司機雙手握著方向盤，臉埋在雙手之間。從一頭長髮來判斷，應該是女人。似乎有人報了警，救護車很快就趕到了。

救護人員花了很長時間，才把她從壓扁的車身中拉出來。她並沒有失去意識，但被擔架抬走時一動也不動。

雖然高之說自己沒事，但救護人員也叫高之坐上了救護車。他在醫院接受完各項檢查，打電話向各方聯絡時，一對看起來像是車禍肇事者父母的男女來到他面前。交通課的警官告訴高之，肇事者的父親是森崎製藥的董事長。

高之向警方說明了車禍的經過，警方也瞭解他並沒有過失，因為遭到後方車輛的追撞，他反而是受害的一方。森崎家派來的律師也承諾會無條件賠償高之的所有損失，其實他並沒有太大的損失，最大的損失就是那天無法進行拍攝工作，被顧客取消了委託。

在大致談妥之後，高之去探視車禍肇事者。因為承辦這起車禍的警官說，無論責任歸屬如何，不妨去看一下對方車主。那位年長的警官嘆著氣說，現代人即使錯在自己身上，也很少去探視受害的一方。

高之咬牙買了一束花，去女車主的病房探視。雖然他猜想氣氛可能會很尷尬，但他覺得反正這是第一次，也是最後一次。

他在病房門口深呼吸後，敲了敲門。病房門口旁掛著的牌子上寫著「森崎朋美」的名字。他等了一會兒，裡面沒有回應，猜想她可能在睡覺，打算把花束交給護士。這麼一來，既不需要打照面，也算盡了人情。

高之正打算離開時，似乎聽到病房內傳來「卡咚」的聲音。他以為病人醒了，又敲了敲門，還是沒有反應。

高之握住了門把，小心翼翼地拉開門，以免驚醒對方。因為他有點不放心，也想瞭解一下對方目前的情況。

當他把門打開二十公分左右時，看到了窗邊的病床。有人躺在病床上，病床上的毛毯鼓了起來。但他同時瞪大了眼睛，因為床被鮮血染紅了。

他衝進病房，發現病床上的女人臉色蒼白，渾身無力。從毛毯下露出的左手手腕被割開了，流了大量的鮮血。床下掉了一把水果刀。高之衝出病房，四處尋找護士。

他的行動奏效，朋美被救了回來。如果再晚十分鐘，她就有生命危險。

朋美在包紮好傷口後睡著了，高之在醫院外見到了她的父母。他們對高之救了女兒一命深表感謝後，又對之前車禍造成了他的困擾表達歉意。高之說，請他們不必介意自己的事。

「請問你們的女兒為什麼要自殺？」他問。厚子不停地擦眼淚，伸彥回答了他的問題。

伸彥告訴他，朋美自幼想當芭蕾舞者，最近終於在所屬的芭蕾舞團嶄露頭角，期待在下次公演時有機會獨舞。

沒想到就在這時，發生了這起車禍，朋美可能在絕望之餘，想要一死了之。

「但是，療傷之後，不是還可以繼續跳舞嗎？」

聽到高之的話，厚子嗚咽起來，伸彥無力地搖了搖頭。

「她以後別說跳芭蕾，連走路都有困難。」

高之驚訝地看著伸彥的臉。

「車身擠扁時，她的左腳被壓在裡面，如今，她沒有左腳掌。她不僅得放棄芭蕾，甚至無法當一個平凡的女人。也許是因為這個原因，她才會在衝動之下割腕。」

厚子繼續哭泣著，高之無言以對，很慶幸自己並不是肇事者。

朋美意識恢復的一個星期後，高之再度去探視她。在得知她試圖割腕自殺後，他不想當作沒事，他也很關心她之後的恢復情況。

高之去探視朋美時，她的眼睛又紅又腫，心情似乎還沒有完全恢復。厚子形影不離地陪伴在她身旁，擔心女兒再度想不開。

朋美看起來比二十一歲的實際年齡更年輕，她的臉很小，因為跳芭蕾舞的關係，身體也很纖瘦。

他們當然不可能聊得愉快，高之談論著自己的工作，為了避免空氣太凝重，他隻字不提芭蕾、車禍和殘障之類的話題。朋美很少說話，只是板著臉聽他說話，但當高之不時開玩笑時，她的眼角露出了一絲微笑，彷彿從雨雲中隱約看到了藍天。她的雙眼格外清澈，高之覺得自己的心幾乎被吸了進去。

離開醫院後，高之覺得以後應該再也不會看到她了。因為已經沒必要了。沒想到兩天後，接到了厚子的電話，問他可不可以去醫院。高之問她發生了什麼事，她難以啟齒地說：

「我女兒似乎很在意你，可不可以請你來看她一下？」

很在意自己，應該代表對我有好感吧？高之忍不住興奮起來。因為他也想再見到朋美。他帶著花束來到病房，發現她比上次看到時氣色好了很多，臉上也帶著笑意，而且，也比之前更加健談。當高之臨走前說「我改天再來」時，她忍不住問：「改天是什麼時候？」他回答說：「那就明天吧。」

那天之後，高之每隔兩、三天就去探視她一次，直到她出院為止。只有一次，他無法進入病房。那天，朋美的義足完成了，正在進行調整。厚子走出病房，一臉歉意地對他說：

「因為她說不想讓你看到。」

出院後不久，朋美就可以拄著拐杖走路了。一方面是因為義足很精巧，再加上她積極復健，最重要的是她跳芭蕾練就了強韌的腰腿力量。

朋美每天都要去復健中心，高之自告奮勇地負責星期六和星期日的接送。在她接受一對一指導時，高之就在一旁靜靜守護她。當女復健師說，森崎小姐，妳星期六和星期日練得特別賣力時，朋美微微羞紅了臉。

高之覺得她努力訓練的身影很美，他從來沒有看過別人臉上有過這樣的表情。大部分人都在痛苦面前放棄了自己的目標，遇到挫折或困難時，首先就是推卸責任，不是自暴自棄，就是一蹶不振，自以為是悲劇主角。

很希望自己能夠幫助她——每次看到她咬牙挑戰的樣子，高之就暗自告訴自己。

「樫間先生，你對每個人都這麼好嗎？」

從復健中心回家的車上，朋美問他。從她吞吞吐吐的語氣，不難察覺她是鼓足了勇氣才問這個問題。

「我希望對每個人都好，但我這麼對妳，並不光是因為這個原因。」

「不光是因為這個原因？」

高之把車子停在路旁，看著前方說：

「因為和妳在一起很快樂，我想和妳在一起。」

她似乎很驚訝。雖然內心期待聽到這些話，但可能並沒有想到真的可以聽到。高之也鼓足了勇氣才說出這些話，頓時感到渾身發熱。

「我的腳這樣……你不介意嗎？」

朋美問。高之注視著她的臉，正想要開口，隨即噗哧一聲笑了起來。

「怎麼了？」

她訝異地問。

「因為我原本打算這麼回答，我鼻子長成這樣，妳不介意嗎？但好像太做作了，所以沒辦法一本正經地回答。」

朋美熱淚盈眶，把臉埋進高之的臂彎。

他們交往半年後，高之向她求婚，也得到了朋美父母的同意。伸彥拉著他的手說：「謝謝你。」

因為朋美還太年輕，所以兩人先訂婚，等朋美二十二歲後，再開始籌備婚禮，這件事成為雙方之間默然的約定。朋美似乎心有不滿，但由於她看起來比實際年齡更年輕，所以，高之也能理解她父母謹慎的態度。

之後，每天的生活都很快樂。他們每個星期都會見一、兩次面，她常常和高之分享上新娘課程的情況。去年秋天，她終於二十二歲，開始籌備婚禮。

對朋美來說，那是一段玫瑰色的日子。她終於能夠如願在湖邊的教堂舉行婚禮，那是她小時候的夢想。

雖然因為開車讓朋美不得不放棄芭蕾，但之後繼續開車也成為很自然的事。因為她失去了左腳，只能以車代步，才能四處走動。

她開車變得格外小心謹慎，無論再怎麼趕時間，她都不可能打錯方向盤，或是超速。

——因為安眠藥……嗎？

阿川桂子的推理從高之的腦海中閃過。這種懷疑的確很合理。

——但是，怎麼可能會有人想要殺朋美？怎麼會有這種事？

下條玲子說的沒錯，大家都愛朋美。

有一次，高之在佛龕前，對著朋美的照片合掌祭拜時，厚子走到他身旁說，如果讓你們早一點結婚，或許就不會發生這種事了。

當時，高之默默地點頭。

4

思考著朋美的事，結果越來越睡不著了。高之連續翻了好幾次身，甚至調整了枕頭的位置，還是睡不著。他乾脆坐了起來，正打算拿行李袋裡的威士忌出來喝時，聽到了敲門聲。

高之打開檯燈的開關，一看時鐘，發現是凌晨四點多。

他站在門內應了一聲，「哪一位？」

「是我，雪繪。」門外傳來細柔的聲音。

高之打開門，看到在睡裙外披了一件開襟衫的雪繪一臉緊張地站在門外，她看起來格外蒼白，似乎並不是因為光線的關係。

「怎麼了？」

「呃……因為我口渴，所以下樓打算去廚房喝果汁，結果……」

她拉了拉開襟衫的衣襟，似乎仍然感到不寒而慄。

「結果怎麼樣？」

「結果……好像有人在那裡。」

雪繪下定決心說道，高之可以感受到她的心跳加速。

「誰在那裡？」

雪繪搖了搖頭，「不知道，但我聽到說話的聲音。」

高之感到背脊發毛。

「會不會是厚子太太？」

「不是。因為是男人的聲音，而且是陌生的聲音。」

「男人……」

是小偷嗎？高之心想。之前曾經聽說有小偷專門偷別墅裡的高級擺設和繪畫作品。

「好，那我去看看。」

他走出房間，經過雪繪身旁，走向樓梯。她也跟在身後。

他躡手躡腳走下樓梯，但沒有聽到任何動靜。他漸漸走向廚房，也沒有聽到說話聲。高之看著雪繪的臉，雪繪偏著頭，似乎也覺得奇怪。

他把耳朵貼在門上，沒有聽到裡面有動靜。他握住門把，小心翼翼地打開門。廚房內燈火通明，但沒有半個人。

「沒有人啊。」高之說。

「奇怪了，我剛才明明……」

廚房深處是後門，高之也檢查了後門，門鎖著。

的確有點奇怪，為什麼只有廚房亮著燈？最後離開這裡的是厚子，她忘了關燈嗎？

「好可怕。」

雪繪彷彿畏寒似的搓著手臂。

「如果有小偷闖進來，應該會留下痕跡。」

高之抓住了雪繪的手，關掉了牆上的開關。日光燈同時熄滅，周圍陷入一片漆黑。

就在這時，有人抓住了他的左手臂。

高之太驚訝了，差一點叫出聲來，但聽到一個男人對他說：「不許叫。」就又把聲音吞進了喉嚨。雪繪也發出輕聲的慘叫。

「閉嘴，不許出聲。」

那個男人又說了一次，高之整個人都僵在原地。

第二幕　入侵者

1

一道強光突然打在臉上，高之畏光地把臉皺成了一團。他用瞇起的眼睛看向對方，和一個矮小的男人四目相接。對方似乎不是純種的日本人，五官輪廓很深，有西方人的影子。他一隻手拿著手電筒，另一隻拿著手槍。

「你是誰？來這裡幹什麼？」高之問。但是，對方沒有回答他的問題，反問他：

「有幾個人住在這棟別墅裡？」

高之沒有回答，雪繪在一旁發出叫聲。抬頭一看，發現另一個男人抓住了她的手臂。那個男人個子相當高大。

「不要亂來，」高之說，「包括我們在內，總共有八個人。」

「有幾個男人？」

「四個。」

小個子男人想了一下後，嘀咕了一聲：「好。」

「往前走。」

高之和雪繪在兩個男人的命令下，一起坐在酒吧的沙發上。小個子男人打開了檯燈，和大個子男人一起站在高之他們面前。兩個人都拿著槍，大個子男人手上拿的似乎是來福槍。高之對槍沒什麼概念，但手槍和來福槍看起來都不像是假的。

「阿田，你看住那個女的。」

小個子男人指示大個子男人後，動了動手指，示意高之站起來。

高之走上樓梯，那個男人在背後戳著他的背。走廊上那些房間內並沒有傳來任何動靜。別墅的夜晚很安靜。高之心想。

「哪個房間住了人？」男人問。

「全都住了人。」

「好，那就把他們統統叫出來，從右開始。」

「最右側的是她的房間。」高之指了指樓下的雪繪。

「那就從第二個房間開始。」小個子男人說。

右側第二個房間住的是阿川桂子。高之敲了三次門後，終於聽到了回答。

「哪一位？」

「我是樫間，我有事要找妳……」

門內傳來開鎖的聲音，桂子的臉從門縫中露了出來。她看到有陌生男子時，露出驚訝的表情，然後瞪大了眼睛。可能看到了男人手上的手槍。

「出來。」男人說。

桂子看著高之，似乎在問他是怎麼回事。高之默默地搖了搖頭。

「趕快出來，只要妳乖乖聽命，就不會傷害妳。」

「先讓我換一下衣服。」

桂子說。她穿著運動衣褲。

「就這樣出來，不必換什麼衣服了。」

男人把槍口對著她，於是，她只好走出房間。

男人用相同的方法把下條玲子叫醒了。玲子立刻察覺發生了什麼事，問高之：「有沒有人受傷？」他回答說，目前還沒有。

男人命令桂子和玲子下樓，那個叫阿田的大個子男人在樓下舉著來福槍對著她們，命令她們坐在雪繪旁邊。

下一個從門內探出頭的是厚子。她看到小個子男人，立刻尖叫著問：

「你是誰？你想幹什麼？」

「不許叫，安靜一點。」

「你是搶匪嗎？我可以給你錢，你千萬不要亂來。」

「閉上妳的嘴巴。」

男人把手槍抵到她的鼻尖。

「只要妳別亂吼亂叫，我可以保證妳的生命安全，也不會亂來。妳給我乖乖走出來。」

厚子好像切斷電源般閉了嘴，但仍然虛掩著門，並沒有走出來。高之很納悶，那個男人也覺得她的行為很可疑，立刻臉色大變，把門用力往裡一踹。

伸彥正在房間內拿起電話，他的手指正打算按號碼，小個子男人衝過去制止了他。

「放下電話，」男人說，「我不知道妳老公也在，差一點就被妳騙了。」

伸彥看著男人，緩緩放下了電話問：「你是誰？」

「別管我是誰，你趕快出來。」

伸彥摟著厚子顫抖的肩膀走了出來，當他們準備走向樓梯時，男人突然開口說：

「等一下。現在換人，女人留在這裡。」

然後，他推了推高之的背說：「你去樓下。」

厚子害怕地抓住伸彥的睡袍，男人不耐煩地說：「動作快一點。」

厚子渾身發抖地走到男人身旁，他抓住了厚子的手臂，厚子尖叫起來。

高之和擔心地回頭看著妻子的伸彥一起下了樓，大個子男人在酒吧內舉著來福槍對著人質，等待著高之他們。

「過來！」大個子男人說。他的聲音好像野獸在嘶吼。高之和伸彥走到坐在沙發上的三個女人旁，席地而坐。

「到底是怎麼回事？」

伸彥在高之的耳邊問。高之簡單地向他說明了雪繪來找他之後發生的事。

不一會兒，利明和木戶信夫也在小個子男人的威脅下走下樓梯。利明似乎還搞不清楚狀況，但木戶嚇得魂不附體。他們都坐在高之他們旁邊，最後，厚子擺脫了小個子男人，逃到伸彥的身旁。

「你們是誰？」伸彥再度問道，「為什麼要做這種事？難道和我們有仇嗎？」

但是，小個子男人不理會他的發問，在房子內走來走去，小聲地自言自語。

「窗簾都拉了起來。現在是半夜，當然會拉窗簾。這棟房子位在小路的盡頭，不必擔心有人會看到。」

男人四處察看後走了回來，然後把槍對著伸彥的臉。

「你就是這棟別墅的主人吧？森崎伸彥，是藥廠老闆。」

「如果你們和我有什麼過節，不要把其他人捲進來。」

伸彥果然見過大場面，說話時沒有絲毫的慌亂或害怕。也許他平時就有了心理準備，身為人上人，很可能會遭人怨恨。

但是，小個子男人冷笑著。

「我們和你們沒有任何怨恨，我們要的是這棟別墅。兩個星期前，就已經決定今天晚上要來這裡，所以，也事先調查了你這個屋主，然後才按照原計畫來這裡。沒想到竟然撞見了你們。不知道是你們運氣不好，還是我們運氣太差。」

「為什麼需要這棟別墅？」

「因為很適合藏身。」

「你們做了什麼？」

高之身旁的利明問，「你們是不是幹了什麼壞事，才會逃來這裡？」

「沒必要告訴你們。」

「如果你們在逃亡，」高之說，「這裡也不安全。白天的時候，有警察來打聽，有沒有看到可疑的男子，應該是說你們吧？」

小個子男人聽了，立刻臉色大變，「警察來過了嗎？」

高之點了點頭，心裡很後悔當時應該多問警察幾句。如果知道有持槍歹徒逃來這裡，應該會把門鎖好。

「阿仁……」大個子男人不安地看著夥伴。

「沒什麼好害怕的，既然來過一次，也許就不會再來第二次，這樣反而比較安全。」

那個叫阿仁的男人說完，大個子男人表情稍微放鬆了。

「我們不會告訴別人你們來過，所以，可不可以請你們離開？剛才我太太也說了，如果你們想要錢，我們會盡力而為。」

伸彥熱切地說，但小個子的阿仁冷笑了一下說：

「你以為我們會相信嗎？而且，我們並不想要錢，我們只要做一件事，就是繼續留在這裡等我們的朋友來接應。」

「你們的朋友也要來嗎？」高之問。

「我們要在這裡會合，這是早就安排好的計畫。兩個星期前，我們來這裡察看地形，決定約在這裡，所以也打了後門的鑰匙。」

他從口袋裡拿出鑰匙，在臉旁邊搖了搖。

原來是這樣。高之終於瞭解是這麼一回事。即使門鎖得再好也沒有用。

「你們的朋友什麼時候來？」

「快的話，明天晚上就會到。」

聽到阿仁的回答，所有女人都發出絕望的嘆息。這種狀態要持續到明天晚上。阿仁看了之後，不懷好意地笑了笑。

「妳們不要露出那種厭惡的表情嘛，這也是一種緣分。」

阿仁說完，巡視了幾個女人，用手槍抵著下條玲子的臉。玲子面不改色地回瞪著他，阿仁反而有點被她嚇到了。

「阿田，你監視他們。」

他離開幾個女人時說道，大個子男人顯得有點不安。

「你要去哪裡？」

「廁所。」阿仁往走廊的方向走去，

這時，厚子用哀求的語氣說：

「我也想去。」

阿仁皺著眉頭。

這時，木戶也用顫抖的聲音說：「我從剛才就一直忍著。」他可能自己沒有勇氣提出來。

「等我上完再說。」阿仁沒好氣地說，「現在我們才是這裡的主人。」

2

把想上廁所的人逐一帶去廁所後，阿仁說要去找繩子，再度走出酒吧。可能打算把人質綁起來吧，但不一會兒，就一臉不悅地回來了。

「找不到理想的繩子，算了，就在這裡監視吧。」

阿仁把手槍對著高之他們，坐在棋桌旁。高之心想，如果是自己，就會撕開床單當繩子用，但他當然沒有說出口。他們應該也有想到，但可能不想這麼做而已。

「阿仁，要等到什麼時候？」

可能是站著舉槍太累了，大個子的阿田也坐了下來。他的屁股太大了，感覺像是坐在餐廳內的兒童椅上。

「等到什麼時候？」阿仁問。

「在阿藤來之前，都要這麼守著嗎？」

大個子男人說話有點結巴，聽不太清楚，阿藤可能是他們的朋友。

「應該吧──呃，阿田，你不會下西洋棋吧？」

阿仁在桌下尋找，把撲克牌拿了出來，「喂，有撲克牌，可以打發時間。」

「如果只是短時間也就罷了，但總不能一天多的時間都打牌，」阿田小聲地說，「他們在這裡，搞不好會有人來找他們。而且，也不可能這樣一直監視他們。」

「他說的對，」伸彥說：「附近的別墅有很多我的朋友，他們知道我們來了，可能會突然來串門子。」

仲彥一定千方百計想要把他們兩個人從這裡趕走，但是，他的這番話一聽就知道在演戲。

阿仁冷笑著洗著撲克牌說：

「你以為我們會被你這種謊言欺騙嗎？我們已經調查過了，這附近的別墅都屬於法人所有，都是某家公司的員工度假中心，所以，即使有人住在那裡，也只是公司的員工而已。我不知道你的人面有多廣，但不至於認識那家企業的所有員工吧？」

仲彥沉默不語，阿仁用鼻子哼了一聲。

「我們不可能離開，因為我們的計畫就是要在這裡會合。」

「原本說好這裡沒有人，」阿田不悅地說，「但根本不是這麼一回事嘛，是怎樣啊？而且還搞出這麼多人，到底是怎麼回事啊？」

「是阿藤決定要來這棟別墅，又不是我。」

阿仁把撲克牌發給自己和阿田，從他發牌的數量來看，猜想他可能打算打牌。

「打電話給阿藤改變地點，反正還有很多別墅。」

「要怎麼聯絡他？已經來不及了。而且，只要我們離開這裡，他們就會報警。」

「不會，我可以向你保證。」

厚子哀求道，但阿仁不理會她，低頭看著自己的牌。「喂，這手牌不錯，我應該會贏。」

伸彥看著他換了兩張牌，小心翼翼地問：

「你剛才說，不會對我們不利，我們可以相信你嗎？」

阿仁看著阿田換了牌之後說：「當然啊，相信我。」

「所以，你們離開時，也不會傷害我們嗎？」

「是啊。」

「你不覺得你們離開後，我們會報警嗎？」

「你們應該會吧，但要等我們逃得很遠之後才會報警，在此之前，你們沒辦法報警。」

「為什麼？」阿田問他的同夥。

「我們會把你們所有人的手腳都綁起來，關在房間裡，」阿仁向阿田說明，「而且，其中有一個人必須跟我們走，在我們逃到安全的地方才會釋放。」

他將目光移回伸彥身上，「如果你們在此之前報警，人質就沒命了。如果你們不顧人質的生命安全，想報警就去報吧，只是我們真的會下手，不是說說而已。」

說完，他巡視著所有人的臉，似乎在物色要把誰帶走當作人質。

高之覺得這個小個子男人雖然野蠻，但很有膽識。計畫突然發生變化，他們內心應該也很慌亂，那個大個子男人從一開始就心神不寧，然而，在眼前的情況下，這個叫阿仁的男人還能夠考慮到之後的情況。帶人質離開的方法固然危險，但也許是妙計。一旦人質被帶走，在確認人質安全之前，通常不敢貿然報警。這是人的心理。

在那個叫阿藤的朋友來這裡之前，他們不會離開這裡。高之做好了心理準備。

阿仁和阿田打牌到天亮。阿田很少說話，看起來也不聰明，但賭運很強，籌碼幾乎都堆在他的面前。

「我還是贏不了，給你。」

阿仁從口袋裡拿出幾張千圓紙鈔放在棋桌上。阿田用粗大的手抓起紙鈔，塞進長褲的口袋。

所有人質都委靡不振。因為大家不僅沒有睡好，還一直處於緊張的狀態。高之幾乎整晚都沒什麼睡。

「肚子餓了。」

從窗簾的縫隙向外張望的阿仁摸著肚子說道，一道細細的陽光灑了進來。

「我也餓了，來吃飯吧。」

阿田把來福槍放在桌上，不知道從哪裡拿來了背包，從裡面拿出三明治和飯糰。好像是在便利商店買的。

高之看著桌上的來福槍。阿田的心思都在食物上，阿仁也看著他，能不能趁他們不備，把來福槍搶過來？

「別吃這種窮酸的食物了，」阿仁苦笑著，「原本以為這裡沒吃的，現在食物多到快滿出來了，而且還有廚師和女服務生。」

聽到他這麼說，阿田看著雪繪她們。

「他們不會在食物裡加一些奇怪的東西吧？」

「下毒嗎？他們怎麼可能有毒藥？而且，只要在旁邊看著就好，如果還不放心，可以叫誰先試吃一下。昨晚我們不是看了食品庫嗎？裡面裝滿了難得有機會吃到的美食。」

「對喔。」

阿田接受了阿仁的提議，用舌頭舔著嘴唇，把三明治和飯糰放回了背包。這個大個子男人似乎也恢復了鎮定。

「既然已經決定了，就請你們大顯身手一下，主廚是不是妳？」

阿仁用槍指著厚子問。厚子一直抱著伸彥的手臂，立刻渾身發抖起來。

「我又不是說要吃妳，不至於害怕成這樣吧。如果有人想幫忙，可以挑選幾個人。」

「姑媽，我來幫忙。」

雪繪說。阿川桂子和下條玲子也異口同聲地說：「我也要。」

「那就簡單了，女人統統去廚房集合。」

阿仁命令在場的女人都站起來。桂子和玲子跟在雪繪身後走去廚房，最後，厚子蹣跚著走去廚房。

「麻煩口味清淡一點，要控制鹽分。」

只有阿田聽了阿仁的玩笑忍不住笑了起來，拿著背包離開了棋桌。來福槍仍然放在原位。阿仁推著厚子的背，叫她走快一點，剛好沒看這裡。

就是現在。當高之準備站起來時，利明搶先一步。他整個人撲向桌子，抓起了來福槍。

「放下槍。」

即使聽到利明的聲音，阿仁似乎仍然沒有察覺發生了什麼事，但隨即反應過來，微微揚起嘴角。

「你在幹嘛？」

「你沒有聽到嗎？」利明說，「放下槍。」

但是，阿仁並沒有放下槍，看著阿田微微挪了挪下巴。阿田向利明的方向跨出一步。

「不要動。」利明把來福槍對著阿田，「快放下手槍，不然我就開槍打他。」

阿仁露出冷笑，「你想開就開啊。」

「阿仁……」阿田嘟囔著。

「別擔心，他不會開槍的。」

「我是認真的，」利明看著他說：「我也可以直接朝你開槍。」

阿仁吞嚥著口水。

「你有用過來福槍嗎？」

「只要扣下扳機就好了啊。」

「我是說瞄準，如果你在那裡開槍，搞不好會打中某位女士。」

他抓住了身旁厚子的手臂，用力拉往自己的方向，「這樣還敢開槍嗎？」

利明的眼中露出猶豫之色。看到他沒有回答，阿仁得寸進尺，把手槍抵住厚子的喉嚨。

「把槍還給阿田。」

利明向後退了一步，再度瞄準了阿田。阿仁搖了搖頭。

「我不是說了嗎？你想開槍就開吧，但這位女士也別想活了。」

靜止了數秒後，利明終於放棄。他把來福槍放在桌上，阿田立刻搶了回去，狠狠踹了利明的肚子一腳，利明被踢到牆角。木戶輕輕地慘叫了一聲。

「浴室裡不是有幾條毛巾嗎？用毛巾把他的手腳綁起來。」

聽到阿仁的命令，阿田去浴室拿來兩條花稍的大毛巾，其中一條綁住了利明的雙腳，另一條把他的雙手綁在背後。

利明被綁得動彈不得，阿仁對著他的腰猛踢了幾下。利明發出呻吟。

「只差那麼一點，」阿仁低頭看著利明說，「你錯就錯在沒有馬上開槍。在拿到槍時，應該不管三七二十一就朝我開槍，馬上就搞定了。」

「下次我會這麼做。」

利明皺著眉頭說道，阿仁無聲地笑了笑。

「好了，餘興節目結束了，去下廚吧。阿田，看住這幾個男人。」

阿田沒有回答，直視著同伴的臉。

「你怎麼了？」阿仁問。

「你剛才是說真的嗎？」阿田問。

「剛才？」

「你叫他想開槍就開槍……」

「阿田……」阿仁用鼻子哼了一聲，苦笑著把手放在同伴的肩上，「我不是說了嗎？他根本沒打算開槍。我心裡很清楚，才會這麼說。如果他不是外行，我當然不會這麼說。」

「真的嗎？」

「真的啊。你別不高興了，現在我就讓她們做好吃的，你想吃什麼？火腿蛋？你好像喜歡吃烤雞吧？」

「我要吃厚切牛排，」阿田說，「我快餓死了。」

「OK，OK，一大早就說想要吃牛排，很有你的風格啊。」

「我要三分熟，醬汁一定要和風醬。」

「幾位女士，聽到了嗎？」

阿仁舉著槍，大步走向雪繪和厚子她們那裡，「我的好朋友要吃和風牛排，麻煩妳們用心煎喔。」

在他的威脅下，幾個女人走進了廚房。

阿田摸著肚子，在離高之他們有一段距離的地方席地而坐。他把來福槍緊緊挾在腋下，似乎決心不讓剛才的事再度發生。

他監視了高之他們一段時間，但很快就覺得無聊，四處張望起來。在酒吧和餐廳之間的架子上，放著書和遊戲，他走了過去，然後拿起其中一個玩具。兩個連在一起的馬蹄用另一個像馬蹄般的環套了起來。

「那是馬蹄智力扣，」伸彥說，「只要把那個扣打開就好。」

阿田抱著來福槍，喀喳喀喳地玩了起來。

「根本打不開，」他不悅地說，「這個環比馬蹄小，怎麼可能打得開嘛。」

「可以打開，只是要動動腦筋。」

阿田聽了伸彥的話，生氣地瞪了他一眼。然後當場坐在地上，再度喀喳喀喳玩了起來。

看他的手勢，高之覺得他恐怕還要很久才能打開。

伸彥假裝調整姿勢，擠到高之身旁，在他的耳邊問：

「有沒有什麼方法可以通知外面的人？」

高之嚇了一跳，看著阿田。他正在專心玩智力扣，似乎中了伸彥的計。

「有人會來這附近嗎？」

高之低頭小聲地問。

「平時很少有人來，但搞不好會有人經過。現在顧不了那麼多，只能死馬當活馬醫了。」

高之點了點頭，但他想不出任何能夠聯絡外界的方法。

「假如讓這棟房子燒起來呢？」

聽到伸彥的提議，高之瞪大眼睛。

「故意縱火嗎？」

「不是真的燒掉，但如果讓人發現著火的煙竄出，搞不好會引起注意，就會有人過來。」

「煙……」

高之覺得也許是一個好方法。如果房子冒煙，遠處也可以看到。一旦有很多人聚集，阿仁他們也不敢貿然使用手槍或來福槍。

「問題是要怎麼讓房子冒煙？」

高之問。伸彥把頭更加靠了過來。
「只要去二樓的某個房間就好，每個房間都放了一個鐵製的垃圾桶，只要把木屑或是其他東西放在裡面點火，打開窗戶……」
原來如此。高之瞭解了他的意圖。
「但有可能會引發真的火災。」
「沒關係，」伸彥小聲地說，「這種別墅，即使燒掉了，只要再造就好了。而且，一旦真的著火，他們也會慌亂，一定可以找到逃脫的機會。附近的人也會聚集過來。」
「萬一來不及逃怎麼辦？」
「這裡又不是高樓，有很多地方可以逃出去。另外──」
伸彥說到一半，突然閉了嘴，轉頭看向和高之相反的方向。阿田走了過來。
「你們在說什麼？」
「沒說什麼。」高之搖著頭。
阿田用懷疑的眼神看著高之，但沒有再說什麼，轉頭看著伸彥，把馬蹄智力扣丟了過去。伸彥看著丟到自己面前的智力扣，抬頭看著他。
「怎麼了？」
「你打開看看，」阿田說，「根本不可能打開。」

伸彥瞥了高之一眼，伸手拿起智力扣，說了聲「你仔細看好喔」，把馬蹄和鐵環扭了一下。他右手拿著馬蹄，鐵環則留在他的左手。

阿田瞪大了眼睛，好像看到了什麼可怕的東西。伸彥立刻將雙手交錯，鐵環又套了回去。

「需要用點訣竅，你要多練習。」

伸彥把智力扣遞給阿田，大個子阿田接了過去，先用來福槍威嚇著高之他們後退，又退坐在地上再度挑戰起來。

伸彥再度靠向高之。

「剛才的話還沒說完，當他們的同夥來這裡，他們要離開時，無論如何都要避免他們帶走人質。因為我不認為他們會輕易釋放人質，而且，既然是人質，他們一定會挑選柔弱的人。如果帶男人走還好一點……」

高之心情沉重地點點頭。他也有同感。如果他們挑選人質，不是厚子，就是雪繪。不，那些傢伙為了滿足性慾，很可能會帶走雪繪。

「既然這樣，即使需要冒一點險，還是應該設法向外求救。」

「煙霧嗎？」

「還是有其他好主意？」

高之搖了搖頭。

「問題在於要怎麼做到。」

高之看著正在監視自己的男人。阿田看起來像是在用力拉扯馬蹄，但瞎貓抓到死老鼠，居然把馬蹄從鐵環中拔了出來。他呆然地看了半晌，小聲地嘀咕說「我辦到了」，對著高之他們露出了令人發毛的笑容。

3

廚房內傳來聲音，雪繪和桂子把料理放在推車上推了出來。接著，厚子在下條玲子的攙扶下走了出來。

「厚子，妳怎麼了？妳沒事吧？」

伸彥站了起來，阿田慌忙舉起來福槍，「坐下。」

「太太貧血發作了。」

下條玲子讓厚子坐在餐廳的椅子上時說道。

「沒事……只是有點疲累。只要坐一下，很快就好了。」

厚子把雙肘架在桌子上，雙手捂著臉。

「讓我太太去休息一下。她原本體力就很差，再加上睡眠不足和緊張，身體吃不消了，讓她去樓上的房間休息一、兩個小時也好。」

高之立刻察覺了伸彥的用意。他一定想陪厚子去房間，順便在房間內點火，或是要求厚子這麼做。

但是，小個子阿仁並不同意他的要求，他用鼻子哼了一聲說：

「當事人說，她只要坐一下，就會好起來，你不需要多管閒事。只要吃完早餐，很快就有精神了。趕快把早餐分給大家吧。」

在他的命令下，雪繪和桂子把早餐送到大家面前。早餐是用牛角麵包和香腸做的簡單熱狗和速食湯。

下條玲子把銀色的托盤放在棋桌上。上面放著兩塊厚切牛排和兩大瓶啤酒。

「啊喲，一大早就吃得這麼豐盛。」

聽到阿仁這麼說，阿田開心地在椅子上坐了下來。他用笨拙的手勢抓著刀叉，切了一大塊牛肉放進嘴裡，拿起啤酒瓶直接喝了起來。

高之沒什麼食慾，但還是先喝了點湯。在阿仁的命令下，男人都在酒吧吃早餐，女人都在餐廳吃，其他人也都皺著眉頭，撕下麵包送進嘴裡。利明仍然被綁著，他似乎也沒有食慾。

「你們都是親戚嗎？」

在餐廳的桌旁吃早餐的阿仁用叉子指著其他人的臉問。

「不是所有人。」
沒有人回答，坐在酒吧的伸彥對著餐廳回答。
「是喔，但你和這位女士是夫妻吧，那個被綁起來的是你兒子，你們長得很像。至於其他人。」
阿仁仔細打量了桂子和下條玲子。「這三個人中，有一個是你們的女兒。呃……妳是他們的女兒，對吧？」他問雪繪。
「不是。」雪繪回答。
「不是？那是妳嗎？」
「我也不是。」桂子冷冷地回答。
「所以說……」
他看著下條玲子，但伸彥搶先回答：「我們沒有女兒。」
「沒有女兒？不可能。」
阿仁皺起眉頭，用充滿懷疑的眼神看著厚子，「我們決定要躲藏在這棟別墅時，調查過你們的家庭成員。因為如果家庭成員人數很多，就會經常來這裡度假，會把事情弄得很麻煩。雖然以結果來說，這番調查根本白費了……先別管這麼多了，總之，根據我們的調查，你們有一個女兒。」

「原本的確有一個女兒，但死了。」伸彥說：「三個月前死了。」

阿仁拿著刀子的手停了下來。

「真可憐，生病嗎？」

「不是，從這裡回東京的途中，車子墜落懸崖了。」

伸彥說到這裡，目不轉睛地看著吃剩一半的熱狗。

「原來是車禍，但既然是自己引發的車禍，也就沒什麼好說的。最近有很多這種年輕人，開車技術又不好，還拚命開快車。」

「那並不是單純的車禍。」

伸彥尖聲說道。兩名入侵者被他的氣勢嚇到了，半晌說不出話。大個子阿田把啤酒瓶口含在嘴裡看著伸彥。

高之驚訝地盯著他的側臉，這是他第一次對朋美的死表達這麼明確的見解。

其他人似乎也有同感，暫時忘記了目前的狀況，目光集中在他身上。

「不……我的意思是說，朋美不是這麼輕浮的女孩。我相信她不是因為不小心，而是因為某種不可抗拒的力量。」

伸彥用辯解的語氣說完，咬了一口熱狗。

「真有意思，你說不是單純的車禍，聽起來其中似乎有隱情。而且——」

阿仁不懷好意地笑了笑，「剛才所有人的臉色都變了。」
聽到他這麼說，其他人慌忙低下了頭。他正想繼續說什麼時，玄關的門鈴響了。
時間頓時凝結，所有人都倒吸了一口氣，停下了手上的動作，好像錄影帶的畫面按下了暫停。阿田正張著大嘴，準備把肉放進嘴裡。
阿仁最先採取了行動。他命令阿田監視其他人，動作俐落地跑去前面的窗前，從窗簾的縫隙中察看玄關的情況。
不一會兒，當他回來時，眼睛中有幾條血絲。
「慘了，是警察。」
聽到他的話，阿田也目露凶光地抓住了來福槍。
「為什麼警察會來這裡？」
「我怎麼知道，應該不是因為我們在這裡的關係。」
阿仁呼吸有點急促地看著人質，隨即用槍指著高之：「喂，你去應門，把他們打發走。」
「為什麼要我去？」
「森崎董事長親自去開門太奇怪了，剩下的其他人中，你看起來最鎮定。」
「我可是表裡不一。」
高之站了起來，看了伸彥和雪繪他們一眼。每個人都用眼神對他說，希望他想想辦法。

有什麼方法可以把眼前的狀況通知警察——高之需要在短時間內想出方法。

「我有言在先，與其被逮捕，還不如一死了之，我們一開始就做好了這樣的心理準備。所以，如果你想搞鬼，我會帶你們一起陪葬。」

阿仁說完，用手槍頂著高之的背。他似乎看穿了高之的想法。

玄關前有一道裝了玻璃窗的門，阿仁蹲在那裡，避免被門外的人看到。

「你不要走出玄關，也不能讓他們進來，知道了嗎？」

高之點了點頭，走下玄關，穿上拖鞋，打開了沉重的木門。昨天曾經上門的警官站在門口，臉上的神情比昨天更嚴肅。

「不好意思，一大早就來打擾，你們還在休息嗎？」

瘦巴巴的中年警官擠出親切的笑容問。

「不，正在吃早餐。」

「喔……大家都起床了嗎？」

「對。」高之回答。

警官對這件事似乎有話要說，但隨即又問：

「對了，昨天也曾經向你們打聽過，之後有沒有什麼異狀？有沒有看到可疑的人？或是在半夜聽到動靜？」

可疑的人就在我身後。高之很想這麼回答。

「不，沒有什麼特別的情況。」

「是嗎？」

警官並沒有太失望，也許他們去問了很多棟別墅，都聽到類似的回答。

「請問……到底發生什麼事了？警官連續兩天上門似乎很不尋常。」

聽到高之這麼問，警官似乎認為他在挖苦，把手伸到制服的帽子後。

「真抱歉，打擾你們度假，我們也很不好意思。不瞞你說，昨天有一家銀行遭到襲擊。」

「搶銀行嗎？」高之問。

「對，有兩個人，分別拿著手槍和來福槍闖入銀行。」

高之心情複雜地點點頭。他對搶匪手上的武器已經有充分的瞭解。

「搶匪就在這附近嗎？」

「昨天只是認為有可能在這裡，因為有人看到搶匪的車子往這裡開。」

「但現在情況又有了變化？」

「對，搶匪隱藏在這個湖泊附近的可能性大增，在前面的樹林中找到了認為是搶匪丟棄的車子，他們帶著三大袋現金，徒步不可能走太遠。」

你的推理完全正確。高之在心裡小聲說道。

「如果就在這附近，真是太可怕了。」
高之說話時抱著手臂，小心翼翼地指著自己後方，努力不被阿仁發現。然後，用眼神示意警官看自己的手指。
但是，警官完全沒有察覺。
「真的很頭痛，因為兩名搶匪持有槍械，所以，為了避免發生危險，你們最好不要外出，如果可以的話，我勸你們趕快離開這裡。」
「好，我會轉告這裡的主人。」
雖然高之再三向警官示意，但警官還是沒有看他的手。這時，另一個年輕的警官從停車場那裡走了過來，向中年警官竊竊私語。
「你們有人開本田的白色 Prelude 嗎？」
「啊？喔……有啊。」
那是下條玲子的車子。
「駕駛座的車門沒有關好，好像卡住了，請你轉告車主。」
原來是這種事。高之有點失望。
「那我們就告辭了，打擾了。」
警官最後又鞠了一躬，正準備離開，突然又想起什麼似的轉過頭說：「對了，你剛才說，大家都起床了吧？」

「對。」

「既然這樣，」警官說，「那就盡可能把窗簾拉開。我們會在這一帶巡邏，能夠讓外面看到比較安全，你們也比較安心。」

「是啊，我會轉告大家。」

「那就先告辭了。」

兩名警官敬禮後離開了。

高之關上了門，一回頭，阿仁就站在他的身後。

「白色 Prelude 是誰的車子？」

高之告訴他是下條小姐，阿仁對著屋內叫了一聲。當她走出來時，高之向她說明了情況。

「慘了，我又沒關好。那輛車子的門特別重，常常沒有關緊。」

「不用去房間拿鑰匙嗎？」

「我把備用鑰匙貼在車蓋背面。」

她正打算開門走出去，阿仁用槍頂著她。

「警官可能在附近走來走去，妳不要動歪腦筋，我會看著妳。」

下條玲子狠狠瞪了小個子男人一眼走了出去，阿仁把門微微打開，監視著她的背影。幸好從門內可以看到正前方的停車場，但這只是對他而言的幸好，對其他人一點都不好。

玲子走到自己的身旁，從後方車蓋背面拿下鑰匙，打開了駕駛座那一側的門，重新關好車門後，立刻走了回來，沒有任何不自然的舉動。

「把門開大一點，看一下警官有沒有在附近。」

阿仁向後退了一步指示道，高之按他的指示把門打開，發現兩名警官在大門附近走來走去。阿仁忍不住嘀咕：「這些條子真讓人火大。」

這時，高之用眼角掃到下條玲子用鞋尖迅速地在地上寫著什麼。阿仁躲在高之身後，看不到玲子的舉動。

玲子進屋後，阿仁說：「好，把門關起來。」

關門之前，高之看了一眼玲子寫的字。在廁所的窗戶下，大大地寫著「ＳＯＳ」。他看了玲子一眼，她微微收起下巴。

回到房間內，阿仁走到正在酒吧的伸彥他們身旁。

「你們全都坐去餐桌那裡，阿田，為他鬆綁。」

「怎麼了？」

阿田鬆開綁住利明手腳的毛巾問。

「窗簾都拉起來反而很不自然。」

阿仁走到窗邊，從窗簾的縫隙向外張望，用舌頭咂了一聲，「那兩個傢伙還不走。阿田，準備好了嗎？」

「他們坐好了，我們該怎麼辦？」

大個子男人不知所措地問。

「蹲在窗戶下，絕對不能讓外面的人看到。」

阿仁靠著窗下的牆壁坐了下來，把槍對著雪繪。「好，把窗簾拉開，動作快一點，別想耍花招。」

雪繪起身拉開窗簾。高之可以看到警官在圍籬外的身影，他們正伸長脖子看著這裡。該看的地方不看，不該看的地方拚命看。高之忍不住在心裡叫了起來：要看廁所的窗戶下方，那裡有求救訊號。

但是，警官似乎判斷這附近沒有異狀，轉身離開了。高之失望地嘆了一口氣。

「他們走了。」

躲在窗簾後窺視的阿仁小聲地嘀咕。

「把窗簾拉起來，」阿田說，「坐在這裡太不舒服了。」

「不，他們可能還會再回來，一下子拉開，一下子拉起來，反而容易引起懷疑。」

「我不想坐得這麼不舒服。」

「我知道了。我有一個好主意。」

阿仁走上樓梯，走廊中間的地方比較寬敞，那裡放了一張小桌子和椅子。他坐在那張椅子上，隔著欄杆往下看。

「這裡可以看到酒吧和餐廳的情況，是監視的好地方。」

「他們怎麼辦？」

「他們可以在我們看得到的範圍自由活動，即使從外面看進來，也不會起疑心。啊，阿田，你上來時，帶一個女人上來。我們要有一個人質，避免這些人輕舉妄動。」

阿田張大眼睛仔細打量四個女人，最後，他走向下條玲子。

「別找這個女人，」阿仁在樓上發號施令，「和她在一起也不好玩，帶那個女人上來。」

他指著雪繪。雪繪向後退了一步，但阿田巨大的手掌抓住了她纖細的手臂。她輕聲驚叫起來。

「不要動粗。」

木戶站起來哀求道，但被阿田狠狠瞪了一眼後，立刻低頭坐了下來。阿田抓著雪繪的手臂，走上了樓梯。

「你們到底是什麼人？到底犯了什麼罪？」

伸彥抬頭看著他們問道。阿仁露出奸笑，用手槍指著高之。

「你問他吧，他很清楚。」

所有人的視線都集中在高之身上，高之重複了剛才從警官口中聽到的話。即使聽到搶銀行，也沒有人感到驚訝，可能從那兩個人剛才的言行中，已經猜到他們犯了這種程度的案子。

「為什麼逃來這裡？」伸彥問。

「因為當初是這麼計畫的。搶銀行後，我和阿田帶著錢，先躲在這裡別墅區。一旦幹道遭到封鎖，很難預料能不能順利逃走，只是沒想到會被人看到我們逃來這裡。」

「你們之後有什麼打算？剛才說，還有一個朋友要來。」

「他會來啊，全指望他了。他會帶我們逃走，他對這一帶很熟，也很清楚警方的動向。」

「他叫……阿藤，對嗎？」

利明問。可能剛才被綁得很痛苦，他摸著手腕。

「你記得真清楚，對，他叫阿藤。」

「他為什麼不馬上過來？」

「因為有一些情況，」阿仁突然吞吐起來，「也需要時間調查警方的動向。」

高之覺得其中有隱情。

「我不知道你們的計畫有多完美，」利明接著說道，「但顯然在第一階段已經失敗了。警方在這一帶四處巡邏，早晚會發現這棟別墅有問題。因為我們明明來這裡度假，卻整天足不出戶。」

「等他們發現時，我們早就離開了，他們來這裡時，只會看到你們被綁住手腳和嘴巴。」

「看來你們真的不打算殺我們。」

「目前是這樣。」

「我認為這是聰明的做法，」伸彥微微挺起胸。「只要有任何一個人遇害，我就會馬上衝出去報警，即使繼續有人遇害也無法阻止我。到時候，你們除了搶劫以外，還會多一條殺人罪。」

「我也可以在你衝出去之前殺了你。」

阿仁的眼中露出凶光。

「果真如此的話，」下條玲子說，「我會衝出去找警察。」

「我也是。」阿川桂子說。

「我也是。」高之也跟著說。

阿仁說不出話，接著連續搖了幾次頭。

「你們的團隊很合作，真讓人羨慕。既然這樣，那我們就努力避免發生雙方都不樂見的情況。」

他的語氣帶著一絲退縮，自從他們闖進來後，持續遭到恐嚇的一方終於報了一箭之仇。

第三幕　暗轉

1

又過了幾個小時。

狀況沒有絲毫的改變。兩名搶匪坐在二樓的走廊上監視著人質，但他們也覺得很無聊，小個子阿仁獨自用撲克牌玩牌、占卜，大個子阿田拿了酒吧架子上的智力環和拼圖玩了起來。阿田剛才玩馬蹄智力扣成功後上了癮，玩得不亦樂乎。

兩個人拿著在酒吧的櫃子中找到的高級白蘭地，像喝水或麥茶般大口暢飲著。高之期待他們會喝醉，但兩個人的酒量都特別好，喝了半天，仍然面不改色。

在樓下看不到雪繪的樣子，她似乎坐在離他們有一段距離的地方。高之看到阿仁嘴角不時露出笑容對她說話，不禁有點在意。

樓下的人質可以在酒吧和餐廳之間走來走去，因為這是他們僅有的活動範圍。想去廚房和廁所時，阿田或阿仁——通常都是阿田——會同行，為了避免他們乘機逃走，其他的門窗都鎖好，而且還繞上了鐵絲。

高之在陽台附近坐了下來，時而看向湖泊，時而觀察其他人的情況。

利明和下條玲子開始下棋，木戶呆然地看著他們。阿川桂子坐在餐廳的椅子上，正在看自己帶來的小說；厚子躺在沙發上，伸彥陪在一旁照顧她。

眼前的畫面很像在享受度假生活，至少外人從窗外偷看時，應該不會覺得有任何可疑的地方。

高之覺得所有人漸漸適應了眼前的異常狀況，也許是長時間的緊張反而導致恐懼感麻痺了。利明在下棋時，不時露齒而笑。

高之看著伸彥。他抓著妻子的手，閉著眼睛，臉上的表情很沉穩。他仍然沒有放棄用煙霧引起外界注意，不惜讓房子燒起來的計畫嗎？還是相信了兩名搶匪說的，只要不輕舉妄動，就不會有生命危險的話，打算靜靜地等待他們離開？

「阿田，你可不可以長時間監視一下？」

樓上傳來阿仁的聲音。

「幹嘛？要去上廁所嗎？」

「差不多啦，但是更樂的事。」

高之驚訝地抬頭往上看，發現阿仁正準備站起來。「不要，放開我。」雪繪大叫著。高之站了起來。

「不要吵，不會要妳的命。一直呆坐在這裡無聊死了，妳應該也不討厭吧？」

阿仁抓著雪繪的手臂，準備走進旁邊的房間。

「放開她。」木戶用快要哭出來的聲音叫道。

「住手！」高之也叫了起來，「你不是保證不會傷害我們嗎？」

「傷害？」

阿仁故意露出驚訝的表情。

「這算是傷害嗎？我們只是想去樂一樂罷了，雖然有時候女人會表現出不願意的樣子，但那只是半推半就啦。」

「放開她的手。」

高之對這番侮辱雪繪的話感到憤怒，大聲地說道，「我們剛才也說了，只要你們危害任何人，我們就會打破窗戶逃出去，這樣也沒關係嗎？」

阿仁被他的氣勢嚇到了。

「別鬧了，」阿田也說，「如果你和她辦事時，他們逃走的話，我一個人沒辦法應付。反正以後女人多得是。」

被人質和夥伴同時勸阻，阿仁似乎也沒了興致。他冷笑著放開雪繪，重新坐回椅子上。

「真可惜，這個女人還不錯。算了，反正還有大把時間。」
阿仁話中有話，高之在樓下瞪著他。
「我有一事拜託，」這時，伸彥抬頭看著兩名搶匪，「可不可以讓我去一下房間？我太太覺得冷，我想去樓上幫她拿一件衣服。如果不行，就請你們幫忙拿一下。」
兩名搶匪聽了，互看了一眼，露出猶豫的表情。
「好吧，」阿仁說，「阿田，看著他。」
伸彥走上樓梯，和阿田一起走進了自己的房間。
只剩下一個人的阿仁露出警戒的眼神，用槍指著雪繪問高之：
「她是你的女朋友還是什麼？」
「她是我未婚妻的表妹，所以，我有義務要保護她。」
「真是情操高尚啊，你的未婚妻是哪一個？」
他輪流看著阿川桂子和下條玲子，高之搖了搖頭。
「兩個都不是？」
「他是森崎朋美，我死去的妹妹的未婚夫。」利明在一旁說道。
「喔，原來是這樣。」
阿仁用充滿好奇的眼神看著高之。

不一會兒，伸彥和阿田從房間裡走了出來，伸彥正準備下樓，阿仁叫住了他：

「等一下，你說說剛才沒說完的事，你說的話太讓人在意了。」

「剛才的事？」

「就是車禍的事，」阿仁說，「你女兒死了的事，你不是說，那不是單純的車禍嗎？繼續說下去啊。」

「沒有繼續了。」

伸彥用不悅的聲音說完，再度走下樓梯。他走到厚子的旁邊，把藍色的薄夾克披在她肩上。

「怎麼可能嘛，即使我才剛認識你，也覺得你剛才的態度很奇怪。」

「因為突然被捲入異常的狀況，我有點慌亂，再加上你們提到我女兒的事，所以我有點激動。」

「不想讓搶匪對寶貝女兒的死說三道四嗎？但是，你剛才的話顯然有問題，你說你女兒開車墜落懸崖，但不是意外，不是意外又是什麼呢？」

「我不是說了嗎？剛才有點慌亂。我女兒因為車禍死了，這樣不就好了嗎？你為什麼對這件事這麼有興趣？」

「只是好奇心吧，因為實在太無聊了。」

阿仁說完，剛才始終不發一語，陪著利明下棋的下條玲子站了起來，走到伸彥身旁小聲說著什麼。阿仁叫了起來：「你們在說什麼悄悄話？」

「原來如此，」伸彥點了點頭，「她認為你們想探聽森崎家的內幕，一旦掌握了我們的弱點，可能對今後的逃亡有幫助，甚至可能以此恐嚇。」

不知道是否被說中了，阿仁心虛地說不出話，但隨即露出無所畏懼的笑容，用槍口扒了扒臉頰。

「別管我們的目的，看大家的表情就知道，他們也對你女兒的死有疑問。所有相關者都在這裡吧？既然把所有人都約來這裡，不就是為了把事情弄清楚嗎？」

伸彥搖了搖頭，低頭看著妻子的臉。高之發現他握著妻子的手很用力。

「你倒是說話啊。」

阿仁在樓上叫道，伸彥不理會他。其他人也都看著他，但發現他沒有反應，紛紛恢復原來的姿勢。

「你這個人真沒意思。」

阿仁咂著嘴。

高之有一種預感，覺得接下來的沉默會比剛才更加凝重，現場充滿了每個人必須小心謹慎的氣氛。

但是，有人打破了這份沉默。

「伯父，你果然和我想的一樣。」

是阿川桂子。她的聲音很平靜，不像是在賭氣，「昨晚我這麼說時，伯父雖然反對，沒想到果然和我有相同的意見，我們有相同的疑問。」

「桂子，妳想錯了。」仲彥否認道。

「不，」她充滿自信地搖著頭，「我沒想錯。」

「總之，現在別談這些。」

仲彥瞥了樓上一眼，「我現在不想談。」

阿仁正想開口說什麼，桂子搶先說：

「正因為是現在，才能夠談到這件事。等我們平安離開這裡之後，就沒有機會了。到時候會充滿回到安穩生活的喜悅，避開會影響這份喜悅的話題。」

「那就避開啊，反正不是什麼愉快的事。」

「伯父，謀殺朋美的兇手可能在某個地方，你也覺得無所謂嗎？」

「桂子！」仲彥厲聲叫道，似乎想要制止她繼續下去，「不要隨便亂說話。」

「喔，我聽到了喔。」

阿仁當然不可能放過這個機會，「剛才有說到謀殺吧，有兇手殺了你女兒。阿田，你也有聽到吧？看來，我們闖進了有趣的房子。」

「你不要誤會，那只是她一廂情願的說法。她是作家，有妄想症。我女兒是意外身亡，況且，沒有人殺了我女兒可以得到好處。」

伸彥用辯解的口吻說明，然後用冷漠的視線看著阿川桂子，似乎在責怪她亂說話，讓搶匪有可乘之機。

「才不是我的妄想。伯父，你也覺得朋美在開車方面不可能再犯相同的錯吧？況且，動機並不一定是有利可圖，怨恨和報仇可以成為更強烈的動機。」

阿川桂子一個勁地反駁。

「太可笑了，誰對朋美有怨恨？想要報仇？別再聊這些了。」

伸彥不耐煩地在面前搖著手，阿仁揶揄地說：

「你很緊張喔，好像在拚命掩飾什麼。」

「我沒有掩飾任何事。」

「那就乾脆說清楚啊。森崎製藥的千金意外身亡，但其實可能是遭到他人的謀殺——如果我們帶著這個疑問離開這裡，你心裡不是很不痛快嗎？」

「我並不在意，警方已經做出結論，那絕對是意外，沒有任何根據可以推翻這個結論，也沒有任何痕跡可以說明那場車禍不是意外。」

伸彥雖然這麼說，但臉上露出不安的表情。沒有人能夠保證這兩名搶匪可以順利逃走，萬一遭到逮捕，恐怕也會交代在這裡發生的事。

「我曾經採訪過警方的人，」阿川桂子自言自語地說道，「如果是自我疏失造成意外身亡，也沒有特別的證據顯示和犯罪有關時，不會進行解剖。所以，即使朋美服用了安眠藥，也無法證明。」

「咦咦咦，」阿仁發出驚叫聲，「有人讓她吃了安眠藥嗎？太有意思了，既然這樣，很可能是因為這個原因導致車禍啊。」

桂子毫無顧忌地說了出來，伸彥幾乎用充滿憎恨的眼神看著她，但是，桂子想要利用眼前狀況揭露真相的態度，如實地反應了她的認真。高之有點被她的氣勢嚇到了。

「妳昨晚就這麼說，」早就停止下棋的利明挪了挪椅子，朝向桂子的方向，「我想聽聽妳哪來的這份自信。」

阿川桂子深呼吸後回答：「藥盒。」

「藥盒？就是裝藥的盒子嗎？」

「對，她有一個墜鍊型的藥盒，她以前曾經給我看過，裡面放了兩顆白色的膠囊。我問她是什麼藥，她說是止痛藥。她有嚴重的生理痛，所以醫生幫她配了止痛藥。」

「我記得那個藥，她曾經來找我討論過，」木戶開口說道，他的聲音微微發抖，「我會定期處方給她幾顆。」

「對，我也知道這件事。」

厚子在一旁慵懶地說道。

「你呢？」利明問高之。

「我知道。」他回答。那是銀色的藥盒，好像是從國外帶回來的。昨天晚上，阿川桂子暗示有人換藥時，高之就預料到早晚會有人提到藥盒這件事。

「證人陸續出現了，」利明說，「但藥盒怎麼了？」

「所以，」桂子舔了舔唇，「如果有一種安眠藥和那種止痛藥看起來一模一樣，兇手趁朋美拿下項鍊時，乘機調包，然後靜靜等待她開車發生意外——難道沒有這種可能嗎？」

「原來妳是這個意思，不過，這樣調包有意義嗎？雖然我對藥的問題不太瞭解，但止痛藥應該也有類似安眠藥的效果吧？」

利明問木戶。

「大部分止痛藥都有這種效果，但為了怕影響開車，所以減輕了這方面的作用，我給朋美的是不會想要睡覺的藥。」

「但是，朋美那天並沒有吃藥。」

厚子坐起來說，「在領取遺物時，我曾經檢查過鍊墜。之前曾經聽過木戶醫生說過，所以我懷疑朋美是不是因為藥物的影響睡著了。因為朋美那時候剛好是生理期。」

所有人都很驚訝。

「只不過是我想太多了，藥盒裡有兩顆藥，所以，她並沒有吃藥。」

「她會不會有備用的藥？所以她吃了之後，又把新的藥放進了藥盒。」

阿川桂子說，但厚子搖著染成栗色的頭髮說：

「不可能。因為一天那種藥最多只能吃兩顆，所以不可能多帶，而且當初也是為了這個目的才買了這個藥盒。」

死者母親充滿自信的回答很有說服力。

「聽了厚子剛才的話，妳應該可以接受了吧？」伸彥看著桂子說，「朋美那天沒有吃藥，即使那兩顆藥被人調了包，說得極端一點，即使被換成了毒藥，也和朋美的死沒有任何關係。」

但是，桂子似乎仍然有理由反駁。

「即使藥盒裡有藥，我的說法也成立。」

「喔？此話怎麼說？」利明問。

「伯母剛才的證詞的意思是，當她拿到別人告訴她是遺物的藥盒時，發現裡面有兩顆藥，也就是說——」

「夠了，我充分瞭解了妳的辯論能力。」

伸彥的手掌在空中揮了一下，打斷了桂子的話，「妳在創作時可以自由發揮想像，所以可以找到各種理由解釋，但我希望妳去別的地方發揮這種能力。總之，現在這個節骨眼，我不想討論朋美的死。」

他的語氣十分嚴厲。高之覺得向來溫和的伸彥難得動了氣。阿川桂子也被他的氣勢嚇到了，沒有再說話。

「如果可以找到理由解釋，我倒想要聽聽看。」

利明說，伸彥不耐煩地揮了揮手說：

「如果你想聽，下次找機會單獨聽吧，我不想聽。」

「搞什麼嘛，這樣就結束了嗎？」

阿仁在樓上發出不滿的聲音，「難得這麼熱鬧，我完全無法接受這樣的結果，這樣真的好嗎？」

「你可以自己發揮想像力。」

伸彥用力擠出這幾個字。

高之發現一件奇怪的事，剛才在討論時，大家都忘記了自己是人質這件事。可見大家都很關心朋美的死。

尷尬的沉默籠罩室內，讓人不敢發出聲音。高之不由地想起朋美的藥盒。
接到車禍通知後，高之前往轄區分局。朋美的屍體已經裝進了棺材，安置在停車場。朋美的父母、利明，還有篠一正和雪繪父女似乎比他早到，已經等在那裡了。厚子哭紅了眼，一看到高之，再度放聲哭了起來。
自我介紹說是主任的警官把幾件小物品放在桌上對他們說，這是遺物，請你們清點一下。粉餅、皮夾、手提包，鍊墜型的藥盒也在其中。「給你們添麻煩了。」伸彥說著，把這些東西都放進了一個袋子。
載了棺材的靈柩車出發後，高之他們的車子也跟在後方。伸彥坐在高之那輛車的副駕駛座上，厚子坐在後車座，她沿途都在哭。
中途去休息站休息時，高之清點了遺物，也檢查了藥盒。裡面的確放了兩顆熟悉的藥。
——朋美那天沒有吃藥。這一點千真萬確。
高之確認記憶後，輕輕點了點頭。

2

五點過後，所有的窗簾再度拉了起來。雖然天色還很亮，但可能他們判斷這個時間即使拉上窗簾，也不會引起懷疑。

阿仁命令四個女人去準備晚餐。

「我們明天就會離開這裡，這是最後的晚餐，請妳們準備得豐盛一點，食材也要用高級品。」

阿仁開玩笑地說這句話時，玄關的門鈴又響了，他立刻收起了笑容。

「又是他們。」

阿田從窗簾縫隙中張望，神色緊張起來。阿仁咂了一下舌。

「真是沒完沒了，他們這次又想幹什麼？」

「那也沒辦法啊，他們四處找你們，在找到你們之前，會一直在這附近巡邏。」

躺在地上的利明緩緩坐起來說。

「總之，不趕快去開門會引起懷疑。」

高之在阿仁叫他之前就站了起來。他內心激動，覺得機會終於來了。無論如何都要讓警官看到剛才的「ＳＯＳ」，天黑之後，恐怕就看不到了。

「好，既然你很鎮定，那就拜託你了。你要像今天早上一樣應付，盡可能把門開得小一點。」

聽完他的指示後，高之走去玄關，打開了門，在打開二十公分時，看到了中年警官熟悉的臉。

「很抱歉，一次一次上門打擾，」警官向他鞠了一躬，「那兩個搶匪還沒有抓到，所以我們決定再察看一次附近的別墅，不好意思，可不可以進去看一下屋內的情況？」

「要進來嗎？」

「對，敬請配合。」

「請等一下。」高之說完，關上了門。阿仁臉色大變地走了出來。

「他在說什麼屁話？」

「你打算怎麼辦？」

高之事不關己地看著他驚慌失措的樣子。

阿仁帶著高之走回酒吧，迅速向其他人說明了情況。阿田的臉色發白，其他的人質，尤其是女人臉上都露出了期待的表情。

「阿田，你帶著所有女人和這個傢伙去二樓，去某個房間，從裡面把門反鎖。」

「這個傢伙」就是指木戶。高之也覺得這是聰明的決定。只要警官一看到木戶的表情，就會立刻察覺別墅內發生了狀況。

阿田把所有人帶進了最左側的房間，也就是高之的房間。

阿仁把槍對著伸彥和利明。

「好，你們也一起來，如果你們還在乎那幾個女人的性命，就按照我的話去做。」

高之再度走向玄關，打開了門。伸彥、利明和阿仁跟在他的身後。

「請進。」高之說。

「打擾了。」

警官把手放在帽簷上，向他們微微欠身，他似乎對四個男人都出來玄關迎接沒有產生任何疑問。

警官走到酒吧時，看到那裡沒有人，似乎很驚訝。

「咦？只有你們幾位住在這裡嗎？」

他打量著眼前的四個人問。

「不，我們的太太也在，現在都在各自的房間裡。」

阿仁站在高之身後回答。他的聲音、語氣和剛才判若兩人。

「喔，原來是這樣。」

警官巡視了酒吧和餐廳後，問伸彥：「請問你是屋主森崎先生嗎？」

「對。」

「那其他幾位是……」

「這是我兒子利明，他是我女兒的男朋友樫間，還有他是……」

「我是森崎先生的下屬仁野。」

阿仁很有禮貌地鞠了一躬。

「喔，原來是家族交流，真羨慕啊。」

毫不知情的警官對搶匪露出親切的笑容後，走向樓梯。

「我可以去看一下樓上的房間嗎？」

「沒問題，」森崎伸彥用舌頭舔了舔嘴唇，「但沒有什麼特別的，而且幾位太太可能在睡覺……」

「只要大致看一下就好。」

警官走上樓梯，敲了敲第一扇門。

「這是我的房間，裡面沒有人。」利明說。

警官打開房間看了一下說：「真的沒有人。」

他沿著走廊繼續向左走，來到最角落的門前。阿仁在高之身旁舉起槍。他似乎打算一有什麼狀況，就開槍射殺警官。

警官敲了敲門，高之想要吞口水，但他口乾舌燥。

裡面沒有人回應，警官正打算再度敲門時，門從裡面打開了，下條玲子端正的臉探了出來。她一看到警官，露出極度驚訝的表情。「發生什麼事了？」

「沒什麼事……只是在這附近巡邏。」

警官慌張起來，有點手足無措，「房間裡只有妳一個人嗎？」

「不，還有其他人。」

「可不可以讓我進去看一下？」警官問。

阿仁向樓梯靠近一步。他假裝抱著手臂，把手槍藏在腋下。

「要進來嗎？」下條玲子吃吃地笑了起來，「進來是沒關係啦，我們正在討論明天要穿什麼泳裝，所以，大家幾乎都脫光光了。」

「呃！」警官向後退了一步。

「如果你非要進來，那就請便囉。」

「不，我知道了，真是太失禮了。」

看到警官慌亂的樣子，高之不由得佩服下條玲子。

警官紅著臉下了樓，對高之他們露出靦腆的笑容，「真傷腦筋，現在的女人都很大膽。」

「你進去房間看看也不錯啊。」

阿仁把槍藏進了褲子口袋說道。

「不行不行，我恐怕會當場昏過去。」

遲鈍的警官對搶匪一邊開著玩笑，一邊走向玄關。高之慌忙跟在他的身後。他還有重要的事沒有辦。

「打擾多次，真不好意思，應該不會再來打擾了。晚上不太安全，請你們關好門窗。」

警官打開門走了出去。錯過現在，就沒有機會了。他假裝握住門把，把身體探出門外，然後在阿仁看不到的角度，指向寫著「ＳＯＳ」的地面。

沒想到那裡的字不見了。

原本寫在地上的字竟然消失了，那一片地上都濕了。

「那我就告辭了。」

警官沒有察覺一臉愕然的高之，敬禮後離開了。

3

幾個女人在阿仁的威脅下走去廚房準備晚餐，阿田負責監視四個男人。

高之百思不解，因為發生了完全意想不到的狀況。

誰把「ＳＯＳ」的字弄不見的？

直到前一刻，他還覺得既然沒有人離開別墅，所以不可能是屋內的人，但是，他剛才去廁所時，發現這個想法錯了。

廁所內洗臉台旁有一根塑膠管，仔細一看，發現塑膠管濕了。高之終於知道是怎麼一回事了。只要用這根塑膠管讓水從小窗戶流出去，剛好可以沖掉寫在窗戶下的字。

問題是誰幹的？阿仁和阿田嗎？如果是他們，不可能不動聲色。

難道人質中有叛徒？

怎麼可能？高之搖了搖頭。為什麼要這麼做？

他正在思考這件事，身旁的利明對他咬耳朵。

「要不要賭一把？」

高之看著他的臉，「賭什麼？」

利明的目光看著天花板，「天色會越來越暗，如果停電，你不覺得有機會可以逃走嗎？」

「停電？」

原來還有這一招。高之心想。「怎麼停電？」

「酒吧和餐廳的燈都是同一個電源總開關，只要讓某一個插頭短路，就可以把那個開關關掉。當然，讓他們發現就完了。我記得廁所洗臉檯的插座也連到那個總開關，就用那個插座。」

「但是——」

高之看了一眼阿田說道。阿田把酒吧內的智力扣和拼圖全都解決了，正一臉無趣地看著架子。雖然架上子放著野鳥和植物的書籍，但他似乎對文字沒有興趣。
「突然變暗，只會讓大家陷入混亂，反而更危險。」
「我知道，所以可以事先決定停電的時間。」
「怎麼決定？」
「用計時器，」利明說，「我房間內有計時器，冬天的時候用在電暖器上，可以利用計時器設定，只要時間一到，就讓線路短路。」
聽起來似乎可以成功。
「但要怎麼去拿計時器？」
「交給我吧。」
利明自信滿滿地向他使了一個眼色，對阿田說：「你好像很喜歡智力扣。」
大個子男人用充滿警戒的眼神看著他。
利明又說：「我知道另一個有趣的智力扣。」
「怎樣的智力扣？」阿田問。
「很難解釋，要用火柴盒。」
「火柴嗎？」阿田露出失望的表情，「火柴智力扣我已經玩膩了。」
「不是火柴，是用火柴盒，要把外盒和內盒組合起來。」

「火柴盒？」

阿田從口袋裡拿出火柴盒丟到利明面前，上面印著很普通的咖啡店名字。「那你試試。」

利明搖了搖頭。

「不行，這麼薄的火柴盒不行。廚房裡有更厚的火柴盒，只要用五個就可以完成。」

「要五個嗎？為什麼要這麼多？」

「因為這是規定，不用五個就沒辦法完成。」

阿田露出訝異的表情，但似乎無法克制好奇心。他命令利明：「那你去拿。」

利明緩緩站了起來，看著高之，微微瞇起一隻眼睛。

他走進廚房時，立刻聽到阿仁問：「你進來幹嘛？」之後，兩個人又說了幾句話，最後，利明拿了五個火柴盒回來了。

「剛好有合適的。」

「你快點弄。」阿田催促著他。

「這樣還不行，要用強力膠或黏膠。」

聽到利明這麼說，阿田露出不耐煩的表情。

「為什麼要這種東西？」

「要用強力膠把五個盒子黏起來，我的房間裡有，可不可以讓我去拿？」

原來用這一招，高之心想，真是厲害。

阿田再度露出猶豫的表情。因為既不能讓利明一個人去，他又要監視其他人。利明似乎察覺了他的想法。

「那就帶所有人一起上去啊。」

「所有人？」

「對啊，這樣就放心了吧，不必擔心有人乘機逃走。」

阿田採用了這個建議。利明走在前面，高之、木戶和伸彥跟在後面，阿田在最後舉著來福槍。

走完樓梯時，利明在高之的耳邊說：

「聽到我說找到強力膠時，你分散他的注意力，只要十秒就夠了。」

「好。」高之回答。

四個人質走進房間，阿田站在門口，「動作快一點。」

「我知道。我記得在這個架子上。」

利明走向牆邊的架子，打開抽屜翻找起來。不一會兒，就叫著：「找到了，就是這個，我就記得一直放在這裡。」他從攜帶用的工具箱中拿出了小型的強力膠。

同時，他瞥了高之一眼。

高之接到暗號後，「呃」了一聲，按著肚子蹲在地上。站在他身旁的木戶問：「你肚子痛嗎？」

「高之，你怎麼了？」伸彥也走了過來。

「你在幹嘛？」

阿田的注意力也集中在高之身上。

「肚子突然很痛……我也不知道怎麼了。」

高之覺得自己的演技太差，斜眼看了利明一眼，發現他從抽屜裡拿出一個紅色的盒子，迅速藏進了衣服。

「是不是神經性腹痛？只要休息一下應該就好了。」

利明走過來說道，代表他已經準備好了。高之皺著眉頭站了起來。

「沒有很嚴重，只是突然痛起來，我嚇了一跳……現在好多了。」

「繼續留在這裡也不是辦法。」利明說。

「對，那就下樓吧。」

在阿田的命令下，所有人都走出了房間。

回到酒吧，利明開始用火柴盒製作智力扣。他把五個火柴盒的內盒都拿了出來，用強力膠將外盒黏在一起，據說黏的位置特別重要。他用這種方式黏好五組外盒和內盒，再將這五組內、外盒巧妙地組合在一起，只要把五個內盒都放進外盒中，就是正確答案。利明解釋說，這個智力扣名叫奧斯卡盒。

看到阿田立刻專心地玩了起來，利明拿出藏在角落的計時器。他躲在高之的身體後方，用鐵線把計時器的端子連接起來，設定了時間。

「好，只要等一下插進插座就搞定了。」

利明點了點頭，問正在專心玩智力扣的阿田：「可不可以讓我上廁所？」

阿田不悅地皺著眉頭說：「沒有人監視，忍耐一下。」

「這要怎麼忍啊，要不就像剛才一樣，大家一起去。」

利明說。阿田一臉不耐煩，一手拿著來福槍，一手拿著智力扣站了起來。也許是因為利明給了他玩具，所以他也給予了善意的回應。

廁所是唯一可以擺脫監視的地方。阿田也沒有跟進去，站在門外等利明，同時監視著高之和另外兩個人。

利明出來後，高之也走進廁所。一看洗臉檯，發現剛才那個計時器的電線插在吹風機的插座上，計時器藏在櫃子裡。

上完廁所走出來時，阿田玩著智力扣嘟囔著：「動作真慢。」

回到酒吧時，利明小聲地說：「時間設在七點整。」高之看著牆上的時鐘。現在六點剛過，大約一個小時後就會停電。他的手掌滲著汗。

不一會兒，幾個女人和阿仁從廚房走了出來。

「這是什麼？又是什麼遊戲？」

阿仁看到同夥正在專心玩火柴盒，忍不住問道。阿田向他解釋後，他十分警覺地說：

「嗯……好啦，但不要太熱中玩這種無聊的東西，搞不好中了他們的計。」

阿仁又隨即說：

「先來填飽肚子吧，雖然原本你應該期待可以吃到大餐，但有一些實際的困難。」

在阿仁的催促下，幾個男人一起走進了餐廳。餐桌上只有蔬菜炒肉，然後還有湯和麵包，棋桌上的兩個盤子上分別放了兩塊和一塊大牛排，那是阿仁和阿田的份。

高之坐在桌旁，下條玲子坐在他旁邊。他把「ＳＯＳ」消失的事告訴了她，向來冷靜的她大驚失色。

「消失不見了？誰幹的？」

「不知道，但應該不是那兩個傢伙。」

高之看著正在數落牛排沒煎好的阿仁他們說道。

「如果不是他們，誰有必要做這種事？」

「不知道。先不管這件事，現在又設置了新的機關。」

高之告訴玲子，計時器設定在七點整停電，她露出嚴肅的眼神點點頭回答說：「我知道了。」

木戶和利明他們也把計畫告訴了其他女人，餐桌的氣氛頓時變得緊張起來。

大家都默默吃著晚餐，但除了兩名搶匪以外，大家都食不知味。每個人都只吃了幾口而已，而且無意識地不停瞄向時鐘。不知道是否因為緊張的關係，有幾個人去上了廁所，阿田每次都很不耐煩地陪他們一起去。

即將七點了。

高之在腦海中研擬了作戰計畫。由於窗戶和出入口都用鐵絲固定，無法輕易逃走。雖然可以打破玻璃，但太危險了。

——要逃進廚房，從裡面把門鎖住？還是和他們正面迎戰？

但是，對方手上有槍。萬一惹惱了他們，他們開了槍就慘了。好，那就帶大家去廚房。高之暗自決定。

他發現每個人都放下了刀叉，隨時做好了行動的準備。看來有希望成功。

但是，即使七點過後，仍然沒有停電。原本以為計時器的時間不準，但十分鐘後，仍然沒有發生任何事。

「我去一下廁所。」

伸彥起身走向廁所。

「喂，不要隨便亂動。」

阿仁難得起身去監視。

幾分鐘後，當伸彥回來時，表情十分凝重，沉默了半晌，才找機會對利明竊竊私語。高之從阿川桂子的口中得知了內容。

計時器被人破壞了——伸彥這麼說。

4

有叛徒——

高之坐在酒吧的角落，看著其他人想道。他不知道叛徒為什麼要這麼做，總之，其中有人阻止這起事件盡快解決。

之後，高之找機會去確認了計時器。伸彥說的沒錯，計時器後方的電線被人拔斷了。如果不修理，就沒辦法使用。上面的時間停在六點三十四分。

那時候誰離開了座位？可惜他想不起來。

高之正在煩惱時，電話突然響了。陷入虛脫狀態的人質好像遭到電擊般跳了起來。

電話放在酒吧和餐廳之間的架子上，阿仁用銳利的眼神看著電話，把槍對準了厚子。

「妳去接電話，但不許亂說話。」

厚子蹣跚地走向電話，用力深呼吸後，拿起了電話。

「喂，這裡是森崎家……啊，對，平時承蒙你的照顧，請稍候。」

她捂住了電話，回頭看著丈夫。

「老公，是石黑先生，他說有急事找你。」

「是我公司的專務董事。」伸彥向阿仁說明。

「好，你去接，速戰速決。」

伸彥站了起來，從厚子手中接過電話。

「是我，發生了什麼事？……嗯……喔，原來是那件事，你等一下。」

他看著阿仁說：「他和我討論工作的事，但我要看放在房間裡的資料才能回答。」

「你說明天打電話給他。」

「不行，事情很緊急，不回答他反而不自然。」

「真麻煩。」

阿仁回頭看著阿田，阿田把啤酒瓶放在一旁，他始終無法解決剛才的智力扣，正在喝啤酒解悶。他可能很愛喝啤酒，今天早上到現在不知道喝了幾瓶。

「好，那你去二樓繼續打電話。阿田，你上去監視他。只要他有任何暗示，就立刻把電話掛斷。」

「好。」

阿田單手拿了兩大瓶啤酒，用來福槍威嚇著伸彥走上樓梯。

由於樓上和樓下的電話是母子電話機，阿仁偷聽了一會兒電話的內容，可能談話的內容很無聊，他露出一臉無趣的表情。很顯然，伸彥並沒有把目前的狀況告訴對方。

「這個世界上，真的有人很會賺錢。」

阿仁放下電話後，深有感觸地說，「我們賭上性命去銀行搶的金額，那些有錢人一出手就花掉了，簡直就像去便利商店買碗泡麵。為什麼會差這麼多啊。」

他走到高之面前，「你是那個老闆的下屬嗎？」

「不是，但在工作上有得到他的幫助。」

「是喔，」阿仁說完，上下打量著他，「真可惜啊，如果你娶了他死去的女兒，你的事業就會一帆風順。」

「我努力不朝這個方向去想。」

高之回答，阿仁噗哧一聲笑了起來。

「即使努力不朝這個方向去想，通常也會忍不住想啊。你差一點娶到大老闆的千金小姐。」

這個男人不可能瞭解自己的心情。高之把頭轉到一旁。

「你倒是告訴我，」阿仁說，「那位小姐死了，你覺得哪一件事更可惜？是她的性命？還是她的財產？」

高之感到怒不可遏，他很驚訝，自己內心還有這種感情。

「如果你再說這種話，」他抬眼看著阿仁，「我就會掐住你的脖子，就算會挨子彈我也不怕。」

阿仁露出慌亂的表情，隨即笑嘻嘻的。原以為他會挖苦幾句，沒想到他閉嘴不再說話。

伸彥和阿田下了樓。

接下來暫時平安無事，但三十分鐘後，情況發生了很大的變化。

阿田的情況不太對勁。

剛才喝啤酒像喝水一樣的他竟然呵欠連連。他拚命眨著眼睛，眼皮越來越重。當他的身體微微傾斜時，阿仁立刻發現他不對勁。

「喂，阿田，你怎麼了？」

他衝下樓梯問道，但阿田立刻倒在地上睡著了，發出了均勻的鼻息。「喂！你醒醒。」

阿仁慌忙搖著阿田的身體，但他沒有醒來，像海獅般的龐大身軀躺在地上，一動也不動。

「他喝太多了。」

利明淡淡地說，但阿仁轉過頭，一臉凶相走了過來。

「阿田是海量，那點啤酒根本不可能喝醉。他會睡著，一定是你們給他喝了什麼。啤酒裡是不是下了藥？」

「我不知道。」

阿川桂子搖著頭。高之記得剛才是她把啤酒拿過來的。

「喂，阿田，你醒醒。你聽不懂嗎？我叫你快起來。」

阿仁踢著阿田的腰，但阿田一臉幸福地發出均勻的鼻息。

「媽的，居然來暗的。」

阿仁把手槍對準高之他們，「如果你們以為這麼點小事就可以擊倒我，就大錯特錯了。熬夜監視你們根本是小事一樁。」

高之看著阿仁心浮氣躁地走來走去的樣子，思考著到底誰讓阿田服了安眠藥。據他的記憶，沒有任何人有機會下藥，但是，看阿田的樣子，顯然吃了安眠藥。

時間一分一秒過去，夜深了，阿仁的焦躁越來越明顯。他不可能獨自監視所有的人質。

「我們來談談交換條件。」

伸彥用胸有成竹的口吻開了口。阿仁泛著油光的臉露出驚慌的表情。

「談什麼？」

「我希望大家可以回各自的房間休息。」

阿仁撇著嘴問：「你是認真的嗎？」

「當然是認真的，但可以把我留在這裡當人質。」

「如果你們回到各自的房間，誰知道你們在裡面做什麼。」

「不管做什麼都無妨啊，反正不會大聲呼救。」

「萬一從窗戶逃走呢？」

「你倒是想一想窗戶有多高，要怎麼逃出去？」

「但不能因為這樣就大意。」

「但你不可能一個人監視所有人到天亮，大家回到各自的房間，你可以在這裡監視每個房間的門。每個房間內都有廁所，沒必要走出來。」

聽了伸彥的提議，阿仁想了一下。他心裡很清楚，眼前的狀態持續下去，對他是一種痛苦。

「如果你擔心，可以把窗戶鎖起來。」利明說。

阿仁訝異地看著他：「鎖起來？」

「窗戶是雙層的，外面那一層可以從內側窗閂拴住，窗閂上有一個小洞，可以用鎖鎖住。

因為平時沒有必要鎖，所以現在上面沒有掛鎖。」

阿仁思考著利明這番話的意思，然後說：「沒有關鍵的鎖，說這些也沒用。」

「鎖的問題不大，儲藏室裡應該可以找到五、六個鎖，以前為了安全，曾經買了好幾個放在那裡。」

阿仁仍然在懷疑這個提議是不是有什麼陷阱。他呼吸急促，輪流看著伸彥和利明的臉。

「好，」阿仁說，「那就照你的意思辦，儲藏室在哪裡？」

「鍋爐室隔壁。」伸彥說。

「好，所有人都站起來。」

聽到他的命令，高之他們站了起來。

阿仁帶著所有人來到儲藏室，要求利明找鎖。總共有七個鎖，都是還沒有拆封的新鎖。

「大家直接上樓，慢慢走。」

來到二樓，首先走進雪繪的房間。關上外窗後，拴好窗閂，最後上了鎖。鎖上有兩把鑰匙，阿仁把兩把鑰匙都放進了自己的口袋。

「洗個澡，好好睡一覺。」

把雪繪留在房間，關上門時，阿仁終於恢復了從容的語氣。雪繪似乎也為終於可以擺脫監視露出鬆了一口氣的表情。她和高之四目相接時，垂下長長的睫毛點了點頭。

阿川桂子、下條玲子也依次回到各自的房間。

「你進去這個房間，」阿仁對伸彥說，「你太太要和我一起留在酒吧。」

「我太太身體很虛弱，讓我來當人質。」

「我人沒那麼好，會讓看起來就身強力壯的人來當人質，只要掌握了最弱的人質，你們就不敢輕舉妄動，不是嗎？」

沒錯，他說的完全正確。伸彥也懊惱地閉上了嘴。

「老公，沒關係，我沒事。」

厚子勉強擠出笑容。

「厚子……」

「既然你太太已經答應了，那就請你進房間吧。啊喲，在此之前，」阿仁指著房間內，「差點忘了這個房間裡有電話。把電話拆下來交給我。」

伸彥無奈地嘆了一口氣，把電話拆下後交給他。

「樓下的電話會接通，如果有緊急的電話，我會通知你。如果有人打電話來，卻沒有人接，反而會引起懷疑。」

之後，木戶和利明走進了房間，最後才輪到高之。

「高之，晚安。」

唯一被當作人質的厚子溫柔地對他說。
「妳會不會冷？」他問。
「不，沒關係。」
「你不用操心，不會讓她感冒的。」
「那就拜託了。」
高之瞪了阿仁一眼，向厚子道了晚安。
那把鎖看起來很不起眼，沒想到很牢固。高之雙手拿著鎖又拉又搖，卻完全沒有鬆動。高之只能放棄，離開窗前。即使可以把鎖拆開，他也無意跳窗逃走。
躺在床上，他不由地回想起今天發生的幾件事。下條玲子寫的「ＳＯＳ」為什麼被人擦掉了？好不容易設計的停電機關為什麼遭到破壞？
這兩件事都不是阿仁他們幹的，如果是他們，一定會大聲嚷嚷。
這代表人質中有人是叛徒。但是，為什麼要這麼做？
搶匪繼續留在這棟別墅是不是有什麼好處？
到底是什麼好處？
搶匪在這裡，可以改變什麼？
想到這裡，突然靈光一現。只要搶匪在這棟別墅內，沒有人可以走出別墅。難道這就是叛徒的目的？

他有一種不祥的預感，覺得應該可以看到更明確的線索。

但是，他的思考只持續到這裡，隨即感到一陣強烈的睡意。因為緊張持續太久的關係，精神已經疲憊不堪了。

他搖搖晃晃地走去盥洗室，洗了洗油膩的臉，沒有換衣服，就直接倒在床上。

5

突然傳來敲鼓的聲音，夏日祭典開始了。原本以為是鼓聲，沒想到是煙火的聲音。紅色和藍色的光團在黑暗中綻放，高之像少年般跑來跑去，跳起來看著天空中的煙火——

他緩緩張開眼睛，看到灰色的天花板。他一下子無法瞭解眼前的狀況，幾秒鐘之後，才想起自己正在森崎家的別墅。

喔，對喔。他暗自想道。自己正被兩名搶匪軟禁在房間。

當他回過神，發現有人正用力敲門。原來這就是剛才以為的煙火聲音。他下床打開了門，立刻看到阿仁一對通紅的眼睛。

「你睡得像死豬一樣，」他咬牙切齒地說，「我可是一整晚都沒睡。」

「辛苦了。」

高之腦袋還沒有完全清醒，傻傻地回答。即使阿仁一整晚都沒睡，也不關自己的事。

「洗把臉，腦筋清醒一下，然後去樓下。」

「又要去酒吧大眼瞪小眼嗎？」

「少囉嗦。」

阿仁舉起手槍。即使看到槍口，也不像第一次看到時那麼害怕了。一旦習慣了，就覺得不過是這麼一回事。

高之洗完臉下樓時，發現其他人已經起床了。厚子躺在伸彥懷裡，閉著眼睛。她單獨和兩名搶匪對峙了一整晚，已經精疲力盡了。

大個子阿田已經醒了。他似乎睡得很飽，拿著來福槍，正在做體操。

「少一個人。」

阿仁站在樓梯上說道。

「少了雪繪。」桂子說。

「那個漂亮的小姐嗎？」

阿仁沿著走廊來到雪繪房間的門口，敲了敲門。「千金大小姐或許早上起不來，但請妳動作快一點，其他人都到齊了。」

他繼續敲門，不一會兒，走下了樓梯。

「阿田，你過來一下。裡面沒有人回答，她搞不好逃走了。」

「雪繪嗎？」

木戶搶先站了起來。

「你們不要動。」

阿仁在樓上說，但木戶沒有理會他，跟著阿田一起衝上樓梯。高之和利明他們也跟在後面。

阿田握著門把，但門鎖上了，打不開。阿田毫不猶豫地撞著門，當他第二次撞門時，門打開了。

「雪繪……啊！」

木戶跟著阿田衝進屋內，尖叫起來。高之也在他身後看到了雪繪，愣在原地。

雪繪躺在床上，但是，她身後插了一把刀，背上流著血。

第四幕　慘劇

1

「不要動，所有人都站在原地，聽好了，一步都不許動。」

阿仁揮著槍，尖叫著走進房間。雖然他叫大家不要動，但其實每個人都愣在原地，根本沒有人動。高之也一下子搞不清楚眼前的狀況，茫然地看著插在雪繪背上的刀子。

「雪繪，啊，雪繪……為什麼？怎麼會這樣……啊。」

木戶跪在地上抓著頭。阿仁踹了他的側腹一腳。

「閉嘴，吵死了。」

木戶呻吟著倒在地上。

阿仁喘著粗氣，一邊用槍威嚇著人質，一邊慢慢滑動到床邊。阿田則張大眼睛靠在牆上。

雪繪趴在床上，半張臉埋進枕頭，看著另一側，站在高之他們的位置看不到她的臉。阿仁的臉頰抽搐著，探頭看雪繪的臉。他的喉結動了一下，似乎吞著口水。

「喂，」阿仁用發虛的聲音叫著木戶，「我記得你是醫生。」

木戶呆然地抬起頭。

「你來這裡看一下她能不能救活。」

木戶在阿仁的命令下，搖搖晃晃站了起來，然後走到床邊，拿起雪繪的手，還沒有把脈診斷，就皺著臉哭了起來。

「啊啊，真是太過分了，雪繪竟然會發生這種事。」

阿仁看了，不耐煩地吼道：

「哭個屁啊，你是醫生，不是看過很多屍體嗎？趕快做該做的事。」

木戶被罵了一通，滿臉淚水地摸著雪繪的脈搏，然後用旁邊的檯燈檢查了她的瞳孔。

「怎麼樣？還有救嗎？」

阿仁問，但木戶呆然地站在原地，低頭看著雪繪。當阿仁再度叫了一聲「喂！」的時候，他發出像野獸般的聲音撲向阿仁。

「哇噢，幹嘛？你想幹嘛？」

阿仁冷不防被木戶抓住，大叫起來。阿田立刻抓住木戶的脖子，把他推到牆邊。木戶沿著牆壁滑落，癱坐在地上，轉身抬頭看著阿仁說：

「是你，你殺了雪繪，對不對？」

「什麼？你在胡說什麼？」

阿仁朝著木戶的身體踢了兩、三腳，木戶才安靜下來，但仍然在一旁啜泣。

木戶的行動讓高之有一種如夢初醒的感覺。這是現實。雪繪被人殺害，已經死了。

「到底是誰？」阿仁把槍對著高之他們，「你們老實交代，到底是誰殺了這個女人？」

幾個人質你看著我，我看著你，等於承認了他們中間有人是兇手的可能性。從眼前的狀況來看，的確不可能是外人闖入犯下了殺人案。

「雪繪真的……真的死了嗎？」

最先開口的是伸彥。木戶像壞掉的人偶般點點頭。

「啊，怎麼會這樣……」厚子倒在丈夫的懷裡，「如果不邀請她來，如果沒有請雪繪來，就不會發生這種事了……我要怎麼對一正他們解釋……怎麼對得起他們。」

「少囉嗦，不許哭，煩死了，現在不是哭的時候。」

阿仁說，高之向前跨出一步，瞪著這個小個子男人。

「是不是你幹的？」

阿仁的臉上露出一絲怯懦，「不是我。」

「不是你還有誰？你是不是半夜偷偷溜進來，想要侵犯她？」

「我怎麼可能做這種事？」

「少裝糊塗。」

高之想要撲向他，但有人從身後架住了他。似乎是利明。

「不要亂來，你忘了他手上拿著槍嗎？」

「放開我。」

「你別衝動，只要調查一下，就知道是不是他幹的。」

「但是……」

高之掙扎著，沒想到利明的力氣很大，而且，利明的話也有道理。等查明真相後再揍他也不遲。

「好，那就來證明就是他幹的。」

高之說道。利明從他的聲音中確認他已經恢復冷靜，才鬆開了手。高之咬牙切齒，緊緊握著拳頭，指甲幾乎卡進了手掌。

「你是不是誤會什麼了？」

阿仁忿忿地看著高之。

「即使我想上她，為什麼要殺她？因為她反抗嗎？她反抗的話，只要打她一個耳光就好。因為她大呼小叫嗎？即使她叫又怎麼樣？被你們聽到也沒什麼好怕的。」

「被我們聽到也無所謂，但萬一被外面的人聽到就不妙了。因為可能有警官在外面巡邏。你原本只是威脅她，想讓她閉嘴，結果失手殺了她。」

伸彥說，可以感受到他壓抑著激動的情緒。

「喂、喂，你是認真的嗎？」

「當然是認真的。從眼前的情況來看，只有你們兩個人會殺了無辜的雪繪。」

阿田似乎對「你們」兩個字感到不滿，一臉氣鼓鼓的表情說：

「我什麼都沒做。」

「我也沒做啊，是他們中間有人幹的。」

「我們之中不可能有人會殺人。」

「雖然你這麼說，但問題就是有人被殺了啊。我可以發誓，不是我幹的。」

「不可能。」

「事實就是這樣，想抵賴也沒用。即使在這裡爭吵也不會有結論，大家統統出去——喂，妳在幹什麼？」

阿仁看到阿川桂子彎著腰，低頭向床下張望，大聲問道。

「有東西掉在那裡。」她說。

阿仁繞到床的另一側，撿起了什麼東西。好像是一本白色封面的書。

「是日記本。」他說，「她好像是在寫日記時被殺的。」

「最好仔細檢查一下日記，搞不好上面寫了兇手的名字。」

阿川桂子不愧是作家，立刻說出了她的想法。

「不用妳說，我也會好好拜讀。好了，趕快出去。」

高之他們被阿仁趕出了房間，原本癱坐在地上的木戶也終於站了起來。高之看他的樣子，發現他真的很愛雪繪。

所有人都走出房間後，阿田最後關了門。門鎖是半自動的喇叭鎖，只要按下內側門把中央的按鈕再關上門，就可以鎖上。剛才阿田把門鎖撞壞了。

七名人質和兩名搶匪在吧檯前面對面。高之他們坐在背對著陽台的沙發上，阿仁他們坐在棋桌上。

「拜託，趕快說實話。」阿仁依次看著每個人的臉，「到底是誰幹的？反正就是你們其中一人，想瞞也瞞不住。」

「開什麼玩笑？」木戶把臉埋進雙臂中說，「明明是你們幹的。」

「不關我的事。」阿田似乎聽到木戶說「你們」很不高興，生氣地說：「我可是一直在睡覺。」

「是啊，我知道，」阿仁對阿田說：「你在睡覺，在這麼重要的時候呼呼大睡。我熬夜在這裡監視，你卻在旁邊鼾聲如雷，結果現在事情變得這麼複雜。」

「不關我的事，」阿田一再重申，「我在睡覺。」

阿仁似乎懶得再抱怨，抓了抓頭。

「厚子，妳一整晚都沒睡嗎？」

伸彥問妻子，她不置可否地轉了轉頭。

「我不記得有睡著，但有時候迷迷糊糊的。」

「這種時候，其實往往有睡著，」利明說，「所以，一定是趁妳睡著的時候，有人獸性大發，偷偷溜進之前就盯上的女人房間。」

「喂，不要亂開玩笑。」

阿仁臉色大變，走到利明面前。

「我們也是冒著生命危險幹這一票，這種時候即使有獸慾，也會忍住吧。」

「你以為我們會相信這種鬼話嗎？」

木戶抬起滿是淚水的臉，「昨天你不是也打算把雪繪帶去房間嗎？那時候雖然克制住了，但說了一句還有很多機會，不要說你忘記了。」

「我沒忘，但昨晚的情況不一樣。昨晚只有我一個人監視。如果我在玩女人的時候被你們發現了怎麼辦？搞不好會偷偷報警，那不就完蛋了嗎？你以為我會冒這麼大的險嗎？」

「你說的話能聽嗎？」

木戶再度低下頭。阿仁誇張地嘆了一口氣。

「喂，你忘了一件重要的事。那個女人的房間和你們一樣都鎖住了，我要怎麼進去？」

「反正你一定威脅她。」

「怎麼威脅？嚇唬她如果不開門，就一槍斃了她嗎？如果我這麼說，她絕對更不敢開門了。而且會大叫，把你們吵醒。用膝蓋想也知道後果。」

「這……」

木戶說不出話，因為他不得不承認，對方說的話很有理。高之也陷入思考。雪繪不可能沒有鎖門，兇手到底怎麼進去她的房間？

「依我看，進去她房間的一定是和她很熟的人。只有熟人叫她開門，她才會相信對方，把門打開。所以，你們才更可疑。」

「你在說什麼啊？不要胡說八道。」伸彥厲聲說道。

「胡說八道？我可不這麼認為，你倒是冷靜思考一下。」

阿仁用手指戳了戳自己的太陽穴。

「不，其實你們心裡也很清楚，我再怎麼樣，也不可能在那種情況下溜進女人的房間。雖然這位女士迷迷糊糊，但不可能完全不察覺。如果我是兇手，現場狀況還有其他沒辦法解釋的矛盾，但是，你們不願面對現實，只好假裝懷疑我們。因為只要懷疑我們，你們之間的人際關係就很安穩，但是，這齣戲早晚會演不下去。」

他停頓了一下，又繼續說：「你們害怕說出心裡的想法，所以就由我代替你們說出來吧！雖然你們看起來都個個像是正人君子，但有一個人戴著假面具。是你們其中一人殺了那個女人。」

阿仁依次指著每一個人。不知道是否被他的語氣震懾了，所有人質都沉默不語。

他說的完全有道理。高之心想。無論發生任何事，都會最後才懷疑自己人。所以，即使邏輯不通，仍然想要攻擊阿仁他們。只是正如阿仁所說的，只要靜下心來思考，就知道不是他們幹的。

「從這裡幾乎可以看到所有的房間吧？」

凝重的氣氛中，下條玲子用壓抑感情的聲音說道。她看著斜上方二樓的走廊，其他人也很自然地順著她的視線望去。

「只有最角落的雪繪房間看不到。」

只有酒吧上方是挑高的空間，飯廳和廚房上方是撞球和打麻將的遊戲室，雪繪的房間被遊戲室擋到了，在樓下看不到。

「所以，如果有人走出自己的房門，從走廊去雪繪房間時，這裡的人一定可以看到。」

她說的「有人」指的是人質中的其中一人。下條玲子根據阿仁的意見，開始討論自己人是兇手的可能性，但是，沒有人對此表示反對。

「沒錯，但是，妳沒有看到任何人吧？」

聽到玲子的問題，伸彥問厚子。

「對，但是，」她露出沒什麼自信的表情，「我剛才也說了，有好幾次迷迷糊糊的，如果是那個時候，可能就沒看到。」

「那你呢？」利明問阿仁。

「如果有人走出房間，我怎麼可能視而不見？」

阿仁說話時，一臉「這根本是廢話」的表情，但他隨即想起了什麼，「不過，如果是我去上廁所的時候，應該就有機會搞鬼。」

「你去上廁所了嗎？」

「因為我忍不住了啊。有人質在我手上，我猜在短時間內，你們也不可能做什麼事，只是萬一有人趁這個機會打電話報警就慘了。所以，我把電話拆了下來，帶進了廁所，你們不知道我有多辛苦。」

高之覺得太可惜了，早知道有這樣的機會，即使等一整晚也值得。

「你去上廁所時，我太太在哪裡？」伸彥問。

「當然帶她一起去啊，有什麼辦法。幸好這裡廁所很大，但你太太應該有聽到我撒尿的聲音吧。」

阿仁的舌頭好像蛇一樣吐了幾下笑了起來。厚子低下頭，伸彥把頭轉到一旁，似乎在克制著內心的不悅。

「你幾點去廁所的？」高之問。

「呃，差不多是天快亮的五點左右。」

阿仁徵求厚子的同意，她也回答說：「對，差不多是那個時候。」

「還有其他時間離開這裡嗎？」

「沒有，這位太太一整晚都沒有說要上廁所。從小有教養的人，連下面都很有教養啊。」

高之已經決定不理會阿仁這些低俗的話。

「所以，那是唯一的機會。如果有人走出自己的房間，殺了雪繪的話，就是那個時候。」

「不可能，到底誰會殺她？」伸彥露出痛苦的表情，「更何況是在這種時候。」

「我還想這麼說呢，」阿仁用力跺了一下腳，「為什麼偏偏在這種時候想要殺人？我不知道到底有什麼深仇大恨，但至少該等我們離開之後再動手吧。」

「木戶先生，雪繪有可能自殺嗎？」

厚子問他。也許她期待醫生有不同的見解，但是高之覺得她應該很清楚，雪繪的死狀不可能是自殺。

「雪繪背後中了刀，自己不可能用刀刺到那個位置。」

木戶的回答完全符合高之的預料，厚子露出失望的表情。只要有些許自殺的可能，就可以暫時不必懷疑任何人。

「那把刀子是哪裡來的？」高之問厚子。

「我沒看過，」她回答，「看起來像是水果刀，會不會是雪繪帶來的？」

「不可能。認為是兇手準備的還比較合理，兇手不可能不帶任何凶器就去她房間殺人。」

阿川桂子看著半空說道。她可能在腦海中描繪兇手的舉動。

「這種時候，如果解剖或是驗屍，應該可以掌握某些線索吧？」

伸彥問木戶，木戶點點頭。

「可以查出死亡時間和死因，所以，最好盡快解剖。」

「我想也是……」

「我們離開之後，你們不是要報警嗎？」阿仁說，「可以請警察把屍體帶去解剖。到時候會有鑑識人員來採集指紋，馬上就知道是誰幹的。已經發生的事就沒辦法了，但拜託你們在我們離開之前，不要再惹是生非了。」

阿仁說出了「拜託你們」這句話，顯示他對眼前的突發狀況感到頭痛。

「我再問一次，」利明問阿仁他們，「真的不是你們幹的嗎？」

「當然不是。」阿仁回答，「不是我們幹的，是你們其中一人殺了那個女的。如果是我們幹的，就會馬上承認，大丈夫敢做敢當，沒什麼好隱瞞的。」

所有人質都沉默不語。大家都同意阿仁沒有說謊。也就是說，該懷疑的對象是到前一刻為止，還很信賴的自己人。

凝重的氣氛讓大家都低下了頭。

「我肚子好餓。」阿田說。

阿仁嘖了一下，「這種時候居然還會肚子餓。」

「我從昨晚到現在什麼都沒吃，當然會餓啊。」

阿仁一臉受不了地站在厚子面前。

「妳聽到了吧？請妳去做點吃的，簡單的就好，但份量要多一點。」

厚子沒有說話，懶洋洋地站了起來。阿川桂子和下條玲子兩個人也跟著站起來。

「不必準備我的份，我什麼都不想吃。」伸彥說。

「我也不必了，這種時候怎麼可能吃得下。」木戶說。

「我也有同感，但如果不吃，體力會吃不消。可不可以做點三明治放在這裡？」

利明提議道，厚子點了點頭。

阿仁和幾個女人走進了廚房。阿田可能睡得很飽，張大了眼睛監視著在場的男人，看來很難像之前一樣說悄悄話了。不，他們也沒心情說悄悄話，因為除了兇手以外，所有人都用懷疑的眼神看著其他人。

高之看著阿田泛著油光的臉，高之想起他昨晚突然睡著的事。看他昨晚的樣子，十之八九是吃了安眠藥。

難道是兇手為了殺雪繪，故意讓阿田吃了安眠藥？因為只剩下阿仁一個人，很難同時監視所有人，兇手就可以伺機殺人。

而且，還有之前背叛的事。

高之從之前的兩件事中，發現人質中有叛徒這件事。第一次是ＳＯＳ的字被人消除了，第二次是破壞了停電作戰計畫。

高之覺得這個叛徒很可能就是殺害雪繪的兇手，那兩次的行為都是為了要殺雪繪所做的準備。

只要阿仁和阿田留在這裡，即使發生了兇殺案，也無法立刻報警。時間越久，逮捕兇手的線索越少。當他們逃走之後，兇手就可以把殺害雪繪的罪嫁禍到他們身上。

雖然不知道兇手什麼時候想到了這個計畫，但一定是看到搶匪上門後，決定將計就計，利用眼前的狀況。

高之確信，兇手絕對不是阿仁或是阿田。森崎夫婦、森崎利明、阿川桂子、下條玲子，還有木戶信夫——這六個人中，有一個人是兇手。

眼前的氣氛讓人不敢隨便發言。這時，木戶用帶著哭腔的聲音喃喃說了起來。

「啊，怎麼會這樣？偏偏是她被人殺了。早知道不應該來這棟別墅，我應該帶她去海邊兜風。」

他的低語聽起來像在責怪邀請他們來作客的伸彥夫婦，或許是因為這個原因，伸彥緊閉雙眼，一動也不動。利明代替父親開了口。

「她每年都會來這裡，今年唯一的不同，就是多了你跟過來而已。」

「正因為這樣，所以我才更懊惱啊。我陪著她，還發生這種事，要我怎麼向她的父母道歉？」

「你不必道歉，你又不是雪繪的監護人。雖然你自以為是她的未婚夫，但她好像對你完全沒那個意思。」

利明似乎故意想要激怒木戶。劍拔弩張的氣氛讓彼此都變得口不擇言。

「離開她家時，她父母請我照顧她，他們這麼相信我……啊啊，真不甘心。如果我知道誰殺了她，不管這個人是誰，我都絕對不原諒！」

木戶抱著頭，高之冷漠地看著他。利明和伸彥似乎也不知道該對他說什麼。

「我問你，」利明似乎覺得和木戶沒什麼好聊的，轉頭問阿田，「你們的朋友什麼時候要來？好像是叫阿藤還是什麼的。」
「阿藤今天會來。」阿田回答。
「幾點來？你們原本說，可能他昨天半夜就會來。」
「今天會來，一定會來。」
「那就好。既然要來，那就早點來，事到如今，我們想趕快報警。」
「我知道。」
阿田難得這麼順從。

2

幾個女人帶著咖啡和兩大盤三明治從廚房走了出來。咖啡的香氣令人食慾大振，高之原本以為受到雪繪被殺的打擊，他應該吃不下任何東西，但還是忍不住伸手拿起眼前的火腿三明治。
「喂，不要隨便亂看別人的東西。」
坐在高之身旁，對三明治不屑一顧的木戶嘛著嘴，對著阿仁的方向說。阿仁打開了那本白色的書。那是剛才找到的雪繪日記。

「什麼叫隨便亂看別人的東西？當事人已經死了，媒體不也常常公開死人的日記嗎？」

「這是兩回事，你只是想偷窺而已。」

「說偷窺也太難聽了吧，我只是想調查那個女人在死前寫了什麼。」

阿仁輕輕拍了拍日記後，看了最後幾頁，「但很可惜，她似乎沒提這些事，昨天什麼都沒寫。」

「在受到監視的情況下，根本沒心情寫日記吧。」伸彥說。

「我還期待看到她怎麼寫我呢。」

阿仁把坐在椅子上的屁股往前挪了挪，用不怎麼乾淨的手翻著日記，不時用指尖沾著口水翻頁。高之感到很不舒服，覺得雪繪的隱私遭到了侵犯。

喔喔。阿仁翻著日記的手突然停了下來。

「怎麼回事？少了頁數。」

「少了頁數？」利明問，「什麼意思？」

「被撕掉了，這裡不見了。」

阿仁出示了被撕掉的部分。那裡有一頁被撕掉的痕跡。

「可能寫錯了，所以她才撕掉吧。」厚子說。

「不，伯母，我想不可能，」阿川桂子說：「如果寫錯了，只要用立可白塗改一下就好，雪繪不可能這樣毀了一本漂亮的日記本。而且，這一頁是很粗暴地撕下的。」

高之也有同感。

「那為什麼會撕掉？」伸彥問。

「我在想，」桂子看著阿仁手上的日記本，「那一頁上肯定寫了不能讓別人知道的內容，所以她才會在死前撕掉，避免被別人看到。」

「妳的意思是，即使在她快死的時候，都要死守住這個秘密嗎？」

「有這個可能，尤其對女人來說，更是如此。」

桂子充滿自信地斷言，好像知道上面寫了什麼。

「我不太瞭解女人的心理，但覺得應該不是這樣，」利明說，「如果她還有這種力氣，應該會先向別人求助。一定是殺了她的兇手撕了那一頁，因為上面寫了對兇手不利的內容。」

桂子想要說什麼，但阿仁把日記倒扣在一旁。

「好，那這麼辦。阿田——」他叫著同夥，「你去房間看一下，如果是那個女人撕下來的，那一頁應該會丟在房間裡的某個地方。」

沒想到阿田張大眼睛，拚命搖頭。

「我才不想進去那種房間。」

阿仁嘖了一下，「幹嘛？你那麼大的塊頭，難道怕屍體嗎？又不會有幽靈跑出來。」

「那你自己去啊，我在這裡看著他們就好。」

阿田怒氣沖沖地回答。

阿仁說不出話，打量著同夥的臉。阿田似乎是認真的，他雙眼充血。這麼高大的男人居然害怕屍體，感覺很滑稽。

「那我去好了，」這時，利明逮到機會說，「我也想知道撕下的那一頁寫了什麼。」

阿仁考慮了一下他的要求，最後搖了搖頭。

「很高興你主動提出這個要求，但我不能同意。因為沒有人能夠保證你不是兇手，即使你找到了，也可能假裝沒有找到。」

「你也一樣啊。」

「我不是兇手，這件事我最清楚。」

說完，阿仁狠狠瞪了阿田一眼，「既然你害怕屍體，那活人就交給你了，雖然我覺得活人比死人更加可怕。」說完，他走上樓梯。阿田一手拿著三明治，另一隻手拿著來福槍，站在高之他們面前。

「我認為不是兇手撕下的，」阿仁的身影消失後，阿川桂子說，「即使日記上寫了對兇手不利的內容，兇手也不可能知道。因為通常不會把日記拿給別人看。」

但是，利明也不甘示弱。

「兇手可能知道她有寫日記的習慣，所以特地檢查了日記以防萬一，沒想到果然發現了對自己不利的內容。」

「如果是這種情形，兇手就不會把日記隨隨便便丟在地上，那根本就像在說，請大家看我的日記。」

「兇手也很慌亂。而且，可能覺得只要撕掉關鍵的那頁，即使日記被人看到也無所謂。」

雙方各持己見。這時，伸彥對阿田說：

「不知道撕掉的是哪一頁，你可不可以告訴我們前後的日期。」

阿田用粗大的手指翻開白色日記。

「寫到四月九日，接下來那一頁撕掉了。之後的日期是四月十二日。」

「所以，缺少了四月十日和十一日……」

利明突然不再說下去，高之也很快察覺了其中的意思。

「十日是朋美發生車禍身亡的日子。」

厚子的身體不停地發抖，她的表情說明了事態的嚴重性。

現場的氣氛讓人不敢隨便發言。既然那一天的日記被撕掉，就讓人不得不認為雪繪被殺的事件和朋美的死有關。

這時，阿仁走下樓梯。

「我找遍了整個房間，都沒看到撕掉的那一頁，恐怕被兇手拿走了。」

他下樓時，立刻察覺現場的氣氛比剛才更緊張了，小聲地問阿田：「發生什麼事了嗎？」

阿田結結巴巴地告訴他日記日期的事。

「原來是這麼一回事，越來越有意思了嘛。」

阿仁嘴上這麼說，但神情很緊張，「如果那一頁被兇手拿走，代表和千金小姐的謀殺案有關。」

高之不由思考，日記上那一頁到底寫了什麼。難道上面寫著朋美的死和兇手有某種關係嗎？兇手怕被別人知道，所以殺了雪繪，撕下日記嗎？

「啊，對了，告訴你們一個好消息。雖然沒有找到撕掉的日記，但發現了有趣的東西。」

阿仁在棋桌上攤開剛才緊握的左手，他的手中有很多撕碎的白色紙片，「這個丟在房間的垃圾桶裡，我原本以為是撕掉的日記，但從紙質判斷，顯然並不是，而是撕碎的紙條。從上面燒焦的痕跡來看，原本打算燒掉，燒到一半火滅了，所以就乾脆撕碎了。喂，阿田，該你表現一下了。」

阿仁還沒有提出要求之前，阿田就把紙片撥到自己面前，像玩拼圖般拼了起來。

「人真的太可怕了，你們看起來都是很普通的人，沒想到當中竟然有殺人兇手，比我們更加心狠手辣。」

阿仁巡視著人質，似乎在威逼獵物。所有人都低下了頭，然後，又相互窺視著。現場彌漫著一種很不舒服的緊張感覺。

阿田發出呻吟，拼圖似乎並不順利。

「缺了很多片，」他生氣地說，「紙片完全不夠，根本拼不出完整的形狀。」

「那也沒辦法啊，其他部分都燒掉了，即使把紙灰拿給你拼也沒用。」

聽到阿仁這麼說，阿田動了動嘴巴，但沒吭氣。

最後，阿田成功地把手上的紙片拼了出來。阿仁站在他身後，看著他拼出來的紙。

「呃，這是什麼？等一下去……把房間的門鎖打開……嗎？我猜原本應該是寫，等一下去妳房間，妳把房間的門鎖打開。」

「這是怎麼回事？」利明自言自語道，「為什麼會有這張紙條？」

「應該是兇手交給雪繪的，」下條玲子說，「雪繪拿到紙條後，按照紙條上所寫的，沒有鎖住門。兇手就可以隨時溜進她的房間。」

「原來如此，原來如此，這麼一來，事情就很明朗了。兇手是那個女人信任的對象，否則，不可能開著鎖等對方上門，這麼一來，就更清楚地證明，人不是我們殺的。即使我們把這樣的紙條塞給她，她也不會理我們。」

阿仁得意地大步走在人質面前，沒有人能夠反駁他。他翻了放在電話旁的便條紙，得意地說：「紙質完全相同，看來就是用這個，這裡也有原子筆。」

到底是誰？高之瞄著其他人，其中有人寫了紙條給雪繪。

「但是……假設兇手把這張紙條交給雪繪，雪繪會怎麼解釋呢？」下條玲子再度說出了她經過深思的內容，「我相信她很清楚，在目前的狀況下，去其他人的房間很困難，也很危險。難道她沒有對這件事產生疑問嗎？而且，她應該也思考過為什麼那個人要去她的房間。」

「可能她覺得有什麼方法可以擺脫眼前的狀況，」利明說，「由此可見，對方是她很信任的對象。」

「但是，到底是什麼時候把紙條交給她的呢？」

高之自言自語地說道。

「沒必要親自交到她手上，」下條玲子說，「昨晚決定各自回房間休息時，大家不是一起行動嗎？最先去的就是雪繪的房間，只要利用那個機會，把紙條放在枕頭下面或是其他地方就好。在此之前，大家都在討論鎖的事，無暇顧及其他的事，完全有機會用潦草的字寫下這張紙條。」

「原來如此。」

高之點了點頭。他看著其他人的臉，回想起昨晚走進雪繪房間時的情景。有沒有人做出什麼可疑的舉動？其他人似乎也都在思考同樣的事，他的視線和其中幾個人相遇，大家都尷尬地低下了頭。

「如果不是直接交給她，那就有可能是不那麼熟的人。」

利明看著阿仁。

「有完沒完啊，都說了不是我們幹的。」

「我只是隨口說說而已。」

「至少這張紙條上，」下條玲子說，「應該有署名，如果沒有署名，雪繪一定會感到害怕，而且，那個名字一定是可以讓她感到放心的人。」

聽了她的話，其他人都用銳利的眼神注視著她。

3

「沒找到撕下的那頁日記嗎？」

利明再度問阿仁。

「沒找到，為了找那張紙，我還翻動了屍體，檢查了床上。」

聽到「屍體」這兩個字，高之的心頭為之一震。那個溫柔婉約的女孩如今已經成了一具屍體。

「那真是辛苦你了，從目前的情況來看，應該是兇手把那一頁帶走了。」

利明瞥了阿川桂子一眼說道。可能是因為他們剛才為這一點發生了爭執。桂子露出無法苟同的表情。

利明繼續說道，「從日期來看，撕下的那一頁應該寫了關於朋美車禍身亡的事，那些內容可能對兇手相當不利。問題是到底對兇手有什麼不利？」

沒有人回答，但從每個人臉上的表情不難發現，大家對這番推理沒有異議。

「朋美的死沒有任何秘密。」

伸彥嘆著氣說，厚子在他身旁輕輕點頭。應該說，他們不希望朋美的死有任何秘密。

「現在別再說這些話了，必須把心裡的想法說出來。爸爸，你之前不是也曾經覺得朋美的死有問題嗎？現在日記本上那一頁被撕掉——」

利明激動地說道，阿仁伸出手說：

「等一下。我雖然是外人，可以說一句話嗎？」

「好啊，請說。」利明露出洩氣的表情說。

「我瞭解你努力表達的意見，但我想提出其他的可能性，因為不能忽略這一點。」

「什麼可能性？」

「兇手可能和那位千金小姐的死毫無關係，這種可能性也不能排除。你先聽我說完，你們太在意之前那起事件了，所以，兇手可能反過來利用這一點。也就是說，兇手可能故意撕掉日記本上那個日期的部分，讓你們以為這起事件和那位千金小姐的死有關聯，但其實那一頁上並沒有寫什麼重要的事。」

「不可能，」阿川桂子立刻否定了他的意見，「日記上絕對不可能什麼都沒寫，應該寫了有關朋美喪生的秘密。」

她的語氣太堅定了，高之和其他人都驚訝不已，她終於察覺了自己話中的不自然，急忙補充說：「我只是這麼想。」

「如果拋開私人感情，我同意你的意見，」伸彥看著阿仁說，「大家對朋美的死似乎想太多了，所以，兇手才會想要利用這一點。」

阿仁看到有人支持自己的意見，心情更好了。

「果真如此的話，兇手還真聰明，可以讓我們討論了半天，都找不到真正的兇手。」

「這種可能性的確存在，但動機是什麼呢？」

高之沒有看阿仁，直接問伸彥。

「這要問兇手才知道，」伸彥回答，「但是，沒有證據可以顯示這起的事件是預謀殺人，可能是因為某些微小的原因造成衝動殺人。」

「衝動？什麼意思？」高之問，「正因為是預謀殺人，才會把紙條交給雪繪吧？」

「不，那張紙條的目的並不一定是為了行兇殺人。」

不知道是否喜歡這種討論，阿仁代替伸彥回答，「遞紙條的目的也許只是想去她的房間，至於半夜三更去女人的房間，目的當然只有一個。」

「你在說你自己嗎？」

利明抱著手臂，用帶著輕蔑和憤怒的眼神看著他。

「不關我的事，你們其中有人想要和那個女人上床吧？她很漂亮，即使有人對她有非分之想也很正常。」

聽到阿仁這麼說，所有人都看向木戶。木戶張大嘴巴：

「啊……開玩笑吧？我對雪繪有非分之想？這……這怎麼可能嘛。」

「但你對她情有獨鍾，」利明冷冷地說：「自以為是她的未婚夫，完全不理會她自己的意願。」

「的確，我……沒錯，對啊，我喜歡她。」

可能因為遭到懷疑感到焦急，木戶顯得手足無措。「但是，再怎麼喜歡，也不可能在這種時候有這種非分之想，怎麼可能……想對雪繪怎麼樣。」

「搞不好正因為是這種時候，所以想要趁虛而入。」

阿仁露出冷酷的笑容低頭看著他。

「喂，你不……不要隨便亂說話。大家也很奇怪，居然會相信這種人的話，太瘋狂了，請你們醒一醒。」

但是，利明從沙發上站了起來，向木戶靠近了一步。

「雪繪也因為持續性的精神緊張，很想依靠別人。於是，你就偷偷溜進她的房間，假裝安慰她，為她加油，試圖趁機侵犯她，沒想到她在緊要關頭反抗。於是，你就在衝動之下殺了她。」

木戶頻頻搖頭。

「太離譜了，我怎麼可能做這種事？你有什麼證據嗎？」

「證據嗎？」利明停下腳步，回頭看著阿仁，「有什麼證據嗎？」

「當然沒有啊，」阿仁嗤之以鼻地露齒一笑，「我只是說，也存在這種可能性，不能因為沒有證據，就排除這種可能性。」

「太扯了，」木戶用帶著怯懦的眼神回望了阿仁一眼，對利明說：「你用常識思考一下，在這種狀況下，怎麼會有心情想那種事？」

「下半身要採取行動時，才不管什麼狀況不狀況的，所以男人才這麼辛苦。」

利明還沒有開口，阿仁就調侃道。木戶又瞪了他一眼，這次的眼神中帶著明確的憎恨，但他還是克制了這種情緒，吞了口水後提出了自己的主張，「我認為應該像利明所說的，徹底討論朋美的死，這樣才合情合理。」

「既然你這麼說，你有什麼想法嗎？」利明問。

「談不上是想法，只是進一步思考，我認為殺害朋美和雪繪的兇手是同一個人，雪繪瞭解朋美的死亡真相，並寫在日記上。兇手得知了這件事，所以殺了她，同時撕下日記銷毀——我的推理更合情合理吧？」

高之情不自禁地點著頭。雖然木戶在情急之下說出了這番推理，但的確合情合理。

「原來如此，的確很有這種可能。」

利明也有同感，木戶露出鬆了一口氣的表情。

「但是，如果按照你的推理，」利明說，「至少森崎家的三個人可以排除嫌疑，因為我們是朋美的親人。」

「還有高之，」厚子脫口說道，「高之也像是我們的家人。」

「喔，這麼一來，就只剩下三個嫌疑人，妳和妳，還有你。」

阿仁用手槍依次指著阿川桂子、下條玲子和木戶。

「不，應該把我也包括在內。」

高之用大拇指指向自己的胸口說，「雖然我就像你們的家人，但畢竟沒有血緣關係。」

「ＯＫ，那就是有四名嫌犯。」

阿仁開朗地說，不知道他在開心什麼。

「等一下，不是應該排除和朋美幾乎沒有關係的人嗎？像是下條小姐和我，對不對？」

木戶徵求下條玲子的同意，但玲子淡然地說：

「我認為不應該輕易排除任何人，即使乍看之下沒有關係，搞不好暗中有什麼關係。」

木戶的意見遭到否定，有點生氣地說：「我沒有殺害朋美的動機。」

「誰會說自己有動機？」

阿仁揶揄道，木戶悶不吭氣。

「不，我很難想像，」伸彥搖著頭，「即使……即使朋美的死有什麼疑點，在座的各位誰有動機呢？」

他提出的合理問題讓其他人暫時停止了討論。

「事到如今，我是不是可以毫無顧慮地表達意見？」木戶說。

「都到了這個節骨眼，有話就直說吧。」利明說。

「是啊，那好——」

木戶看向阿川桂子，「恕我直言，我認為在座的所有人中，只有妳有殺死朋美的動機。」

「我嗎？」

桂子瞪大眼睛，柳眉倒豎。

「這不可能，」高之說：「她對朋美的死提出了質疑，如果她是兇手，不可能這麼做。」

「高之先生，你太善良了。她很可能料到大家會這麼想，才故佈疑陣，提出這個問題。」

「但是——」

「高之先生，讓他說，沒有關係。」

桂子制止了高之，微微挺起胸膛看著木戶，「好，那就說說你的意見吧。」

木戶清了一下嗓子後繼續說道：

「我曾經聽雪繪說，妳把朋美的事寫成小說。雖然還沒有發表，聽說編輯很看好。」

原本一臉毅然的桂子頓時大驚失色，木戶的話顯然出乎她的意料。

高之也十分驚訝，因為他從來沒有聽說過這件事。

「真的嗎？」

高之問。桂子默默點頭。

「妳一定很高興，」木戶說：「雖然妳出道成為作家，但最近始終為寫不出像樣的作品而苦惱，如果能夠寫出一本暢銷書，對今後的人生也會有很大的幫助。」

「所以呢？那又怎麼樣？」

伸彥不耐煩地催促他的下文。

「但是，發生了出乎阿川小姐意料的事，因為朋美突然提出，希望不要出版那本書。」

「不要出版？為什麼？」

「因為她不想把自己的過去公諸於世，而且，我猜想是因為朋美即將步入禮堂，不希望因為一些莫名其妙的事受到影響。但是，阿川小姐慌了手腳，因為對她來說，原本可以成為讓她起死回生的暢銷作品，竟然無法出版了。因為是根據朋美的真實故事所寫的，如果當事人不同意，就無法出版，結果就在煩惱之餘……」

「簡直莫名其妙。」

木戶還沒有說完，厚子就打斷了他，「朋美是桂子多年的好友，怎麼會因為這種事殺害她？因為你不知道她們的關係有多好，所以才會提出這麼荒唐的假設。」

「恕我直言，剛才不是說好不摻雜私人感情嗎？」

「不摻雜私人感情也沒問題，」阿川桂子尖聲說道：「但是，我已經決定今後也不會出版那本小說，如果我是兇手，就不會這麼做，而是會照常出版吧？」

「這很難說啊，搞不好妳在等待出版的機會。」

聽到木戶這麼說，桂子沒有憤怒，而是用同情的眼神看著他，然後搖了幾次頭，不屑地說：

「你真的不夠聰明，你什麼都不知道，是個完全看不到重點的智障。」

木戶脹紅了臉，「我看不到什麼？」

「你沒聽到我說的嗎？我說你完全沒有看到，虧你整天在雪繪身旁打轉——」

說到這裡，她突然回過神，閉口不再說話。

「什麼意思？」利明問，「雪繪怎麼了？」

「不，沒什麼……」

「聽妳剛才的語氣，不像是沒什麼。我剛才就很在意，妳似乎在隱瞞什麼，不如趁這個機會說清楚。」

不光是利明，所有人的視線都集中在她身上。桂子低著頭，似乎在猶豫，最後下定決心抬起了頭。

「好，我說。」

她呼吸了兩、三次，似乎在調整呼吸。「其實，我這次來這裡有一個目的，就是希望把關於朋美車禍身亡的疑問搞清楚。我認為她是被人謀殺的，而且，對於誰是兇手，我有一個可能的人選。」

「妳知道誰是兇手嗎？」

高之問，她用力點頭，「我深信自己的推理是正確的，只是缺乏證據。」

「誰是兇手？」

「是誰？」

所有人同時叫了起來，桂子緩緩開了口。

「殺死朋美的……是篠雪繪。」

4

一陣短暫的空白後，所有人才對桂子的話有了反應。

「妳說什麼……」

高之最先發出聲音，伸彥和厚子也接著開了口。

「怎麼可能？她不可能做這種事。」

「對，是啊，她這麼善良。」

「妳有什麼根據嗎？應該不至於信口開河吧？」

利明問。桂子一臉痛苦地看著他們三個人。

「當然有根據，我並不是隨便亂說。」

「那我們來聽、聽聽妳所謂的根據，要是為自己脫罪而編出這番謊言，未免太大膽了。」

木戶似乎難以克制激動的情緒，結結巴巴地說，阿川桂子反而恢復了平靜。

「我之所以會懷疑雪繪，是因為她很可能在朋美死前和她見過面。」

「她們見過面？」高之忍不住問：「在哪裡見面？」

「當然是在那個教堂附近，就是朋美打算和高之舉行婚禮的那個小教堂附近。不好意思，我調查了各位在那天的行蹤，最後得知雪繪因為工作的關係，和她父親來到這附近。」

「不，並不算是附近，」厚子說，「應該有二十公里的距離。一正……就是雪繪的父親剛好有事來那裡的一所大學，因為我之前聽說過這件事，所以得知朋美發生車禍時，我打電話去了那所大學找他們，最後，他們比我們先趕到分局。」

高之第一次聽到這件事。難怪那天趕到分局時，篠家父女已經在那裡了。

「伯母，二十公里的路程，開車不到三十分鐘就到了。」桂子說，「而且，根據我的調查，在篠一正先生和那所大學的某位教授談話時，雪繪說要去看風景，所以並沒有在場。前後時間大約有三個小時左右，所以，即使朋美和雪繪曾經聯絡，在教堂附近的某個地方——也許是這個別墅——見面也沒什麼好奇怪的。」

雪繪那天曾經來這附近？高之感到十分意外。阿川桂子到底怎麼調查到這麼多情況的？

「她……朋美沒有說她會和雪繪見面。」

「可能是雪繪計算了朋美在東京準備出發的時候打電話給她的，朋美的車上有電話。」

「莫名其妙。」

木戶打斷了桂子的話說道，「就因為這樣，只因為這個原因就懷疑雪繪嗎？那妳……妳說說妳當天的行蹤。我也會找出理由說妳很可疑，來啊，妳說說看，說說看啊。」

「木戶先生，請你安靜一點，阿川小姐還沒有說完。」

下條玲子安撫著他的情緒。她是除了阿仁和阿田以外唯一的外人，剛才幾乎沒有發言，靜靜觀察著事態的變化。

「下條小姐說的對，我的話還沒有說完，接下來才是重點。」

桂子重新巡視了所有人，「之前曾經多次討論到朋美的藥，我仍然沒有放棄有人讓她服用了安眠藥的假設，最可能的人選就是雪繪，但是我沒有方法可以證明，也不想在當事人面前說得太明確，所以一直都沒有把話說清楚。」

高之終於瞭解她為什麼對這個問題這麼執著了。

「妳好像有健忘症，」在眼前的狀況下，大家的精神狀態很難保持平靜，平時說話不會這麼咄咄逼人的伸彥對桂子說：「這個問題不是討論過很多次了嗎？朋美的盒子裡裝了藥，所以，她那天並沒有吃藥。」

「我沒有忘記。在討論這個問題時，我曾經說過，我能夠解釋這個問題。」

桂子用強烈的語氣說完後，稍微放鬆了表情問厚子：「伯母，據我所知，朋美的生理痛情況很嚴重，不知道最近的情況怎麼樣？」

「還是老樣子，前面兩、三天都必須服藥，有時候甚至擔心她吃太多止痛藥了。」

高之在內心點著頭。朋美一旦出現生理痛，幾乎無法動彈。

阿川桂子似乎對厚子的回答很滿意，她微微揚起下巴看著伸彥。

「那天剛好是她的生理期間，最好的證明，就是她帶了止痛藥，但既然藥盒裡有藥，就必須思考她為什麼沒有吃藥盒裡的藥？」

啊。高之聽到有人叫了一聲，但也可能是他自己發出的叫聲。

「這樣應該瞭解了吧？照理說，藥盒裡應該是空的才合理，裡面有藥反而奇怪。」

「雖然妳說奇怪，但藥盒裡就是有藥，這是事實，我親眼看到的。」

伸彥指著自己的眼睛。

「我的意思是，朋美偏偏那天沒有吃藥反而不自然。所以，我認為她吃了別人給她的止痛藥，所以沒必要吃自己的。」

「妳說的別人就是雪繪吧？」利明說，「但是，既然自己帶了藥，沒必要吃別人給的來路不明的藥。」

利明的意見很有道理，除了桂子以外，所有人都微微點頭，只有她毫不退縮，反問道：

「如果不是來路不明的藥呢？朋美的藥是木戶先生的醫院處方的，和木戶先生很熟的雪繪也許很容易拿到這種藥。不，也許雪繪本身也在吃這種藥，既然是兩種相同的藥，朋美向她拿藥來吃也沒什麼好奇怪的，藥盒裡的藥可以繼續留著備用。」

「怎麼樣？有可能嗎？」

利明問，木戶痛苦地低下頭，用低沉的聲音說：

「我的確曾經給過雪繪同樣的藥。」

在場的其他人都驚呼起來。

「但是，」高之看著桂子說，「即使雪繪有相同的藥又怎麼樣呢？即使她給了朋美，朋美吃了她的止痛藥也無妨啊。」

「對，是啊，因為和她原本吃的藥相同。」厚子說。

「當然，如果給朋美的是相同的止痛藥，當然沒有問題。」阿川桂子淡然地說，「但如果有一種安眠藥和這種止痛藥的膠囊很像呢？由於朋美知道雪繪有和自己相同的藥，是不是會毫不猶豫地吃下去？」

很有可能。利明和伸彥都沒有說話，似乎想不到該怎麼反駁。

「外形很像的安眠藥……有這種藥嗎？」

即使邏輯合理，厚子似乎也無法接受，轉頭問木戶。

「即使沒有完全相同的，但應該可以找到類似的。」

木戶痛苦地回答，厚子似乎無法接受。

「即使外形再像，如果拿出這種藥，朋美會沒有察覺嗎？我無法相信她會毫無警覺地吃別人給她的藥，一定會仔細檢查，確認和自己吃的藥完全相同，才會吃下去。」

「因為朋美作夢都沒有想到雪繪會做這麼可怕的事，而且，很少有人會清楚記得自己平時吃的藥長什麼樣子，如果對方說就是這種藥，通常都會相信。」

厚子無法反駁她的意見，所有人都陷入了凝重的沉默，接受了阿川桂子的意見。

「雖然有些勉強，姑且算是這麼一回事吧，但我有一個問題想要請教。」利明向前跨出一步說道，「妳認為雪繪殺害朋美的動機是什麼？妳剛才說，妳不清楚這個問題，但既然妳說得這麼振振有詞，不可能完全不知道吧？」

「動機……嗎？」

阿川略帶棕色的眼眸看向半空後，對利明點了點頭，「對，我當然有想法。」

「那就請妳說來聽聽。」

「原因就是——」

桂子吸了一口氣，高之覺得她看著自己。然後，她開口說，「因為雪繪想要從朋美手中把高之先生搶走。」

一陣奇妙的沉默，所有人似乎都在思考她說的話。高之目瞪口呆，不知道該說什麼。其他人似乎也一樣，但由於不是當事人，所以很快有了反應。

「什麼？聽不懂妳在說什麼。」

利明的口吻既像在說笑，又像是在生氣。

「雪繪愛上了高之先生，」阿川桂子露出很有自信的表情注視著高之，「因為無法克制這份感情，所以才動手殺了朋美。這是唯一的可能。」

「太荒唐了，妳有什麼證據？雪繪不是那種不檢點的女人，不可能搶表姊的未婚夫。」

「不，伯父，這和檢點或是貞潔之類的問題無關。人為了自己無論如何都想得到的東西，有時候會做出異常的行動。而且，雪繪愛上高之先生這件事並不是空穴來風，是朋美親口告訴我的。」

「什麼？朋美告訴妳？」

「對，伯母，是朋美告訴我這件事，她很擔心雪繪，不，應該說是害怕。她發現雪繪看高之先生的眼神和之前不一樣，很擔心雪繪小姐會採取某些行動。」

「難以相信，朋美從來沒有對我說過……」

厚子緊抱著身體說道。

「朋美叫我絕對不能告訴別人，她對自己用這種眼光看表妹也產生了罪惡感。」

高之覺得朋美有可能會這麼想。

桂子又繼續說道：「朋美很擔心，如果雪繪積極採取行動，高之先生可能會動搖。因為雪繪很迷人，任何男人都會被她吸引，相較之下，自己……」

口說什麼。

桂子沒有說下去，利明卻接了下去。利明似乎說對了，桂子沉默不語，其他人也不便開

「只有一隻腳。」

「不，妳在胡說，這些話都是胡說八道。」

木戶低喃道，然後用食指指著高之，「她……雪繪喜歡這個人……不可能有這種事。雪繪之前曾經對我說過，她並不重視男人的外貌，只喜歡有包容力、溫柔體貼的人，這個人根本不屬於這種類型。」

一旁的阿仁噗哧一聲笑了起來。其他人雖然沒有笑出來，但心情都差不多。大家都冷眼旁觀，無意反駁他說的話。高之不由得同情這個男人，這個男人一定發自內心喜歡雪繪，也相信雪繪也對自己有好感，即使她已經離開了人世。

「高之，你覺得呢？你有沒有發現雪繪的心意？」

利明問，高之雖然害怕這個問題，但知道想避也避不開。

「不，我不是很清楚。」他先搖了搖頭。

「這種事，很難由當事人自己來說。」

阿仁在一旁調侃道，高之瞪了他一眼，低下了頭。

「你可不可以坦誠地說出來，事到如今，害羞也沒有用。」

利明繼續問道，所有人都屏住呼吸凝視著高之，顯然已經無法再含糊其詞了。

「曾經有幾次覺得她並不討厭我。」

雖然高之說得很婉轉，但還是表達了肯定的意見。這句話足以證明一切，利明他們點了點頭，木戶咬著嘴唇。

「即使真有其事，雪繪也沒必要殺害朋美，」伸彥深受打擊地垂著頭，雙手交握著說道，「如果想要搶走高之，只要積極採取行動就好。朋美身體有殘缺，只要雪繪有這個心，朋美根本不是她的對手。」

「老公，你這麼說，朋美未免太可憐了。」

「我只是陳述事實，我也不想說這種話。」

「不，這並不是事實。」高之說，他不能在這個時候沉默，「無論雪繪怎麼想，我和朋美之間都不會有任何變化。」

大家對這句話的反應超出了高之的想像，所有人的表情和動作都靜止下來，時間宛如瞬間靜止。森崎夫婦用充滿悲傷的眼神看著女兒生前的未婚夫。

「對，我相信，我相信是這樣。」厚子用指尖按著眼角，「我相信高之的心意，所以，無論雪繪怎麼想，朋美根本不需要擔心。」

「雪繪應該也這麼想，」阿川桂子說，「雪繪並沒有伯父說的這種自信，她覺得只要朋美不從這個世上消失，高之先生的心就不會離開朋美。」

「雪繪的想法那麼可怕嗎？」

厚子頻頻眨著眼。

「戀愛是盲目的。」

阿仁在一旁插嘴道，但沒有人理會他。

「我已經瞭解妳想要表達的意思，但聽妳說了這些，發現正如妳一開始說的，根本沒有任何證據，所以，說起來，充其量只是合情合理的假設。」

利明用謹慎的語氣對桂子說。

「我來這裡，就是希望可以掌握相關證據。」

「所以，妳就提出朋美是被人謀殺的說法。」

「我希望可以從各位口中瞭解到某些新情況，而且，我也想看一下雪繪的反應。」

「結果怎麼樣？根據妳的觀察，果然認為是她殺了朋美嗎？」

「不知道。雖然不知道，但雪繪遭到殺害這件事，讓我覺得自己的推理並不是我的一廂情願，而且……」

桂子的視線從利明移向高之，「從她的許多態度中，我確信她真的愛上了高之先生。」

高之不知道該說什麼，他覺得留在這裡很痛苦，卻又無處可逃。

「好，假設妳的推理正確，雪繪殺了朋美，那請妳說明一下，雪繪為什麼被人殺害？不過，即使不用聽，也可以想像妳的回答。」

「應該就是你想像的那樣，」桂子皺了皺眉頭，似乎並不想說這些話，「是報仇，為了替朋美報仇而殺了雪繪。」

森崎夫婦倒吸了一口氣，但利明似乎早就猜到了，痛苦地點了點頭說：

「當然會有這樣的推論。」

高之也對這樣的答案並不感到意外。

「這就代表除了我以外，還有其他人發現了朋美死亡的真相。」桂子說。

「原來如此，除了妳以外，妳的意思是說，兇手是除了妳以外的人。」

木戶很快抓住了她的語病，桂子一臉不耐煩地嘆著氣。

「所有愛朋美的人都是嫌犯，當然，也可以把我列在其中。」

「這麼一來，和剛才就完全相反了，我們這幾個朋美的親人反而嫌疑重大。」

聽到利明這麼說，桂子一臉歉意地看著高之。高之瞭解了她的意思。

「我知道，我也是嫌犯之一。如果是為朋美報仇，我的嫌疑可能最重大。」

「對不起，但是你說的完全正確。」

桂子輕輕欠了欠身，但她的眼中沒有任何歉意，高之覺得她是真的在懷疑自己。

「我不相信這番言論，正常人不可能認為雪繪會殺人。」

木戶毫不留情地說：「妳剛才長篇大論的推理不能說毫無可能，但並沒有確切的證據吧？全都是臆測，所以，和我剛才說殺害這兩個女人的是同一兇手的說法並沒有太大的差別。不，以我個人的見解，我的說法比復仇說更有說服力。況且——」他看著阿川桂子，「妳對於自己有殺害朋美動機這個問題還沒有解釋清楚，我覺得妳只是用復仇來迷惑大家。」

「不，雖然沒有證據，但阿川小姐的意見有足夠的說服力，不像是臨時想到的內容。」高之說。眼前的狀況，讓他忍不住想要反駁木戶，「而且，你也沒有證據可以證明阿川小姐的推理不正確。」

木戶張大眼睛，似乎想說什麼，但想不到可以駁倒對方的話，抱著雙臂，把頭轉到一旁。

從剛才的這番爭論中，清楚地瞭解一件事，就是在場的所有人都可能成為殺害雪繪的嫌犯，只是阿川桂子對進一步的內容還沒有完全消化，她似乎已經打完了手上所有的牌。

「怎麼了？為什麼不說話？結束了嗎？」

阿仁調侃地問，利明用沒有起伏的聲音對他說：

「沒有結束，才正要開始。」

第五幕　偵探

1

下午一點多。

阿仁不像昨天那樣限制人質的行動，今天讓他們可以自由活動，也可以回自己的房間。只有當他們靠近可以逃出房子的玄關和廚房時，才會提高警覺。也許是因為他發現人質之間正因為雪繪被殺一事而相互猜忌，疑神疑鬼，不再像之前那麼團結的關係。而且，這也是事實。高之也因為遭到搶匪的軟禁，專心思考到底是誰殺了雪繪這個問題。阿仁和阿田早晚會離開，但之後仍然要面對誰是真兇這個問題。

高之把手肘放在餐廳的桌子上，低頭看著帶來的文庫本小說，但他當然一個字都看不進去，滿腦子都想著阿川桂子今天早上說的話。

雪繪愛上了高之先生——

這句話太令人震撼了，但說句真心話，他並不意外。正如高之在早上所說的，他並不是沒有察覺到雪繪的心意。

他因為工作的關係，曾經和雪繪的父親見過幾次面，雪繪每次都在場。高之可以感受到她的視線中帶有某種感情，那並不是他自作多情。

今年二月十五日，情人節的隔天，他更確信自己的直覺沒有錯。高之下班準備回家時，雪繪去事務所找他。她說，她剛好來到附近，順便過來看他。高之帶她參觀了事務所後，和她一起去了附近的咖啡店。

聊了一會兒芭蕾和戲劇後，她突然說：

「離你們的婚禮還有兩個月。」

她說話時的聲音有點沙啞。

「對。」高之回答。

「最近小朋看起來很幸福，她經常說，自己好像在作夢。」

雪繪低頭看著自己的手。她的雙手捧著茶杯，好像包著什麼重要的東西。

「這種時候，每個人都會輕飄飄的，每個人都相信自己得到了至高無上的幸福，但只要看離婚率有多高，就知道這只是錯覺而已。」

這種話題太令人害羞了，高之故意用開玩笑的方式應對，但雪繪似乎當了真，「沒這回事，姑且不管其他人，小朋和你結婚，一定可以建立幸福的家庭，我可以保證。」

她難得用這麼強烈的語氣說話，高之有點驚訝，她用手捂住了白皙的臉，似乎對自己的認真感到害羞。

「對不起，我太自大了，說什麼保證……即使不用我保證，你們也一定可以幸福。」

「不，有妳的保證，我就更有信心了。我會告訴朋美。」

高之笑著說，沒想到雪繪用很奇怪的語氣說：「不要告訴她。」他瞪大了眼睛，雪繪的臉脹得更紅了。

「因為如果被小朋知道我說這種話會很丟臉。」

「沒這回事……但既然妳這麼說，那我就不告訴她。」

雪繪把茶匙放進茶杯攪拌著，輕輕點了點頭。

「聖誕節第一次見到你的時候，我就知道小朋真的遇到了理想的對象。雖然她發生車禍令人難過，但也因為這樣抓住了幸福，她的運氣果然很好……」

「妳一定也會找到屬於妳的幸福。」

高之說，但笑容幾乎從她的臉上消失了。

「像我這種人……不行啦。」她說：「我很笨，又不像小朋那樣引人注目……我很羨慕她。」

「她也有她的痛苦。」

「我知道。我知道我不應該羨慕她，但是……但即使這樣，我仍然覺得小朋很幸福。」

雪繪的態度和平時不太一樣，高之不知所措地閉了嘴。她的臉上露出了寂寞的笑容。

「對不起，說這些讓你為難的話。」

「不會……」

她調整了心情，嘴角露出笑容，然後又低下了頭。

「你們不是邀我去看了幾次芭蕾和戲劇嗎？我真的很開心。」

「下次再去吧，我們會再邀妳。」

高之努力用開朗的聲音說道，但她垂著雙眼搖了搖頭。

「不，不用了，我已經夠開心了。而且……」

「而且？」

她注視著高之的臉幾秒鐘後嫣然一笑。

「我想要斬斷。」

「斬斷？」

「對，但是，這和你沒有關係。」

說完，她從旁邊的皮包拿出一個小紙包，放在高之面前，「這個請你品嘗，是我做的。」

「喔？是什麼？」

「你打開後就知道了。」

高之拿起用包裝紙包得很漂亮的小包裹。只要稍微想一下，就應該可以猜中裡面是什麼，但當時高之完全沒有想到。

「好，沒問題。」

「高之先生，」雪繪露出嚴肅的眼神，「你一定要讓小朋幸福。」

「真的真的絕對不能做讓她傷心難過的事。」

「我會讓她幸福，絕對不會讓她傷心難過的。」

高之注視著雪繪的眼睛回答，她也直視著高之。

「一言為定？」

「一言為定。」

雪繪似乎已經說完了該說的話，之後和她聊天時，樣子看起來有點心不在焉。高之和她在咖啡店前道別，回到家裡打開紙包一看，裡面是手工製作的巧克力，還附了一張卡片，上面寫著「來不及趕上情人節」。

高之的腦海中立刻閃現了一個念頭，之前的很多事也逐一浮現在腦海中。雪繪不時在他面前表現出溫柔和羞赧的樣子，這些事宛如拼圖般，拼出一個完整的形狀。

高之瞭解了雪繪的真心。她對自己有好感，但她知道必須放棄，所以今天特地來找他，準備告別這份感情。

高之咬了一口巧克力。他不喜歡吃甜食，但這些巧克力不能給朋美吃，他只能獨自吃完。巧克力甜中帶著苦味。

之後，他從來沒有和雪繪單獨見過面，不，甚至根本沒有見過她。雖然朋美仍然邀她一起去看戲，但雪繪每次都找各種理由拒絕。

回想雪繪那時候的行為，高之覺得阿川桂子的推理並不正確。即使雪繪愛上了高之，她也努力告訴自己要放棄，她會為了得到高之，不惜殺害朋美嗎？而且，朋美死後，雪繪對他的態度並沒有太大的變化。

高之正在想這些事，下條玲子走到他旁邊坐了下來。

「你在想朋美的事嗎？還是雪繪的事？」

高之覺得她的直覺很敏銳。

「兩個人，」高之回答，「這不是很正常嗎？其他人也都在想她們兩個人的事。」

「對，但我對她們兩個人都不瞭解，只能思考另一件事。」

「另一件事？」

「就是SOS和停電作戰失敗的事。」

她壓低嗓門說道。喔。高之立刻想到了這件事。

「有人在從中作梗，可能是殺害雪繪的兇手。」
「應該吧，但要找出到底是誰幹的並不是一件容易的事，乍想之下，覺得似乎每個人都有可能。」
「我只知道那個人不是妳。」
「我很高興聽你這麼說，但任何事都不能一廂情願。」
下條玲子一臉從容的表情說道，這個女人果然很不可思議。
「對了，高之先生，我有事想要請教你。」
「什麼事？只要是我知道的事。」
「你應該知道，就是藥盒的事。」
「藥盒？」
高之有點緊張。因為玲子突然改變了話題，他有一種不祥的預感。
「聽森崎太太說，領取朋美的屍體時，藥盒裡有兩顆白色膠囊，你知道這件事嗎？」
「對，我知道。」
高之告訴她，回東京的路上，在休息站時，他看過遺物。
「所以，你是隔了很久之後才看到吧？」
「對，的確是這樣。」

「不好意思，可不可以請你詳細告訴我去領取屍體時的情況？」

下條玲子嘴角帶著微笑，用銳利的眼神看著高之。

2

時間在窒息的氣氛中一分一秒過去。高之很難想起這兩、三天的事。因為發生了太多的事，而且被關在密閉空間內，完全破壞了對時間的感覺。天色漸漸暗了下來，今天一整天都沒做什麼事。

傍晚時，阿仁說要檢查每個人的房間，因為要找雪繪日記本上被撕下的那一頁。他似乎認為只要能夠查到是誰撕掉那一頁，以及上面寫了什麼，就可以知道誰是兇手。他也很在意到底誰是兇手。

但是，高之認為能夠找到撕下那一頁的可能性微乎其微，兇手不可能藏在會被別人輕易找到的地方，也許早就撕成碎片，丟進馬桶裡沖掉了。

果然，一個小時後，阿仁一臉疲憊地回來了。

「他好像沒有收穫。」利明說。

阿仁重重地坐在椅子上。

「接下來只剩下搜身了，但是，當事人可能不會當作寶貝一樣藏在身上。」

「可以回房間了嗎？」厚子問。

「請便，只是房間有點亂而已。」

但是，沒有人站起來，大家都在觀察別人。雖然很想獨處，但不知道自己離開後，其他人會談論什麼，所以不敢輕易離開。

阿仁和阿田仍然用槍對著他們，窗簾拉得密不透風。警官已經沒有在外面巡邏了。當空氣的凝重達到最顛峰時，電話響了，所有人都忍不住抖了一下。

阿仁立刻站了起來，把槍對著厚子。

「妳去接，我還是要強調一句，別動歪腦筋。」

「我知道。」

厚子已經適應了眼前的狀況，雖然有點緊張，但已經不再感到害怕。

電話鈴聲繼續響，厚子正打算接起電話，鈴聲停了。

「啊喲，」厚子叫了一聲，「是不是打錯了？」

不一會兒，電話又響了。她正準備伸手接電話，阿仁突然制止了她：「等一下。」

他看了一眼時鐘，輕聲嘀咕說：「六點多了。」他對厚子說：「好，妳站在旁邊，我來接電話，如果情況不對，會馬上交給妳。」

他戴上手套，拿起電話，小心翼翼地放在耳邊。其他人都看不懂他為什麼這麼做。

「喂？」

阿仁用低沉的聲音說完後，一臉緊張地等待對方的聲音。兩秒後，他的表情立刻變得開朗。

「阿藤，到底是怎麼回事？」

阿田聽了他的話，表情也放鬆下來。似乎是他們的朋友阿藤打來的，人質的臉上又出現了新的緊張之色。

「不瞞你說，這裡也發生了狀況，出大事了。」

阿仁簡單說明了原本想要躲藏的別墅裡有人，以及發生了命案的事。從阿仁說話的語氣可以知道，對方很驚訝，也不知道該怎麼辦。

「總之，情況很傷腦筋，也不知道警官什麼時候又會跑來巡邏，我們又不能離開這裡。你有沒有什麼好方法？」

阿仁拜託對方。從他說話的樣子，可以感受到他對那個叫阿藤的人充滿信任。

「嗯……我知道。我們沒有出手……好，只能這麼辦了，好，我們會準備。」

五分鐘後，他掛斷了電話，轉頭對高之他們說：「告訴你們一個好消息，我們的出發時間決定了，就在明天天快亮的時候。」

「天快亮的時候？」伸彥叫了起來，「不是還有將近十二個小時嗎？這種狀態要一直持續到那個時候嗎？」

「有什麼辦法？被人看到就麻煩了。」

「但沒必要等到天亮啊，夜深之後，你們馬上可以出發嘛。」

「我們也有苦衷，我們朋友要半夜才能來。」

「你們的朋友就是那個叫阿藤的人吧？」利明問，「為什麼這麼晚才來？你可以叫他早點來啊。」

「因為不行，所以才在傷腦筋啊。」

「為什麼不行？」

阿仁差一點回答利明的問題，但突然想到了什麼，閉上了嘴，然後搖了搖頭說：

「這種事和你們沒有關係。」

「對了，」下條玲子說，「你之前說，你無法主動聯絡那個叫阿藤的人，所以，代表那個阿藤身處特殊的狀況。」

阿仁大步走到她面前，把手槍放在她漂亮的鼻子前晃來晃去。

「妳想說什麼？」

但是，她不會被這點威脅嚇到，繼續若無其事地說：

「根據我的猜測，那個叫阿藤的人受到警方嚴密的監視，所以只有晚上才能自由行動。」

猜中了。

「是喔，我知道了，」利明突然拍了一下手，「那個阿藤是銀行內部的人，是你們的內應，但警方也不是笨蛋，會想到可能是內神通外鬼，在案發之後，仍然會監視相關人員。他只有在警察不再嚴密監視，有機會脫身時，才能採取行動。」

阿田站在他面前，用來福槍對著他，顯然陷入了慌亂。從阿田的表情來看，顯然被利明猜中了。

「是嗎？」伸彥嘆了一口氣，「原來有銀行內部人員當你們的內應。」

阿仁嘖了一下，瞪著阿田，似乎在說他太慌張了。不知道阿田是怎麼解釋阿仁的表情，他拚命點著頭。

「算了，」阿仁說，「即使說是銀行人員，也有一大票人，只要不被你們看到長相就好。」

「阿藤是假名字嗎？」

伸彥問，阿仁的身體往後一仰說：

「廢話，世界上哪裡有搶匪用真名的？」

阿仁、阿田和阿藤。這三個人到底是怎樣的組合？高之不由得思考著。阿仁和阿田並不像是想要發一筆橫財的小混混，而且還有銀行內應的阿藤，這三個人到底是因為什麼關係聚集在一起，共謀搶劫銀行？高之忍不住想要問這件事。

「總之，我們很快就要離開了，在我們離開之前，大家好好相處，很希望查出到底是誰殺了千金小姐。我對這件事很感興趣。」

阿仁嘻皮笑臉地說。

3

晚上十點左右，電話鈴聲又響了。和剛才一樣，響了三聲後掛斷，然後又再度響起。阿仁這次毫不猶豫地接了起來。

「你到哪裡了？」阿仁問。「……喔，那就快到了。嗯……所有人質都在一起……他們可以自由活動，目前好像並沒有動歪腦筋。」

他回頭看了人質一眼。

「什麼？……喔，是嗎？你說的對，嗯，我會盡量想辦法。」

掛上電話後，阿仁對阿田說：

「你去二樓拿兩、三條床單下來。」

「要幹什麼？」

「別問那麼多，去拿就是了。」

看著阿田上樓後，阿仁轉頭看著高之他們。

「我們的朋友很快就要來了，要做好迎接他的準備。」
「要不要開香檳？」利明問。
「這個主意不錯，但在此之前，還有其他事要做。因為我們那個朋友實在太害羞了。」
阿田抱著揉成一團的床單下了樓。阿仁拿了其中一條，用牙齒扯破後，再用雙手撕開。
「好了，阿田，你把床單擰成繩子，把他們綁起來。」
「把我們綁起來幹嘛？」伸彥問。
「人質本來就要綁起來，之前只是我對你們通融而已，但你放心，我不會塞住你們的耳朵和嘴巴。」
阿田把每個人的雙手和雙腳都綁了起來。他綁得很用力，完全無法動彈，最後又用撕成小塊的布片把每個人的眼睛也都綁了起來。
「好，大功告成了。」
高之聽到阿仁心滿意足地說，但完全看不到其他人的情況。在眼前的情況下，視覺無法發揮作用比被剝奪手腳的自由更令人不安。
「你們打算把我們怎麼樣？」伸彥問。
「沒怎麼樣，你們只要坐著不要動就好，然後我們會離開，只是要帶走一個人質，現在正在思考要帶誰走比較好。」

「帶我走。」伸彥說，「請你們不要動其他人。」

「是基於別墅主人的義務嗎？拜託，別玩這種仗義遊戲。」

阿仁用戲謔的語氣說道，高之判斷他們應該會挑選厚子當人質。雖然他們應該想挑年輕女人，但在眼前的情況下，應該會挑選最容易對付的對象。

「有車燈，慢慢往這裡靠近了。」

是阿田的說話聲。但聲音的距離有點遠，可能是因為他站在窗邊觀察外面的情況。然後，聽到了車子的引擎聲，在這棟別墅前停了下來。

「是阿藤的車子，沒想到他這麼快就到了。」

阿仁的話音剛落，玄關的門鈴就響了。沉重的腳步聲漸漸遠去，應該是阿田去開門了。幾次開門、關門的聲音後，好幾個腳步聲走進了客廳。

「阿藤，你沒有被人看到吧？」

阿仁問，阿藤似乎點了點頭，「是嗎？我就知道你做事不會這麼不小心。」

一個腳步聲走向高之他們，在人質周圍走動著，似乎在檢查什麼。那不是阿仁或阿田，高之認為應該就是那個阿藤的腳步聲。

「簡直太糟糕了，原本以為這棟別墅沒有人，沒想到一下子冒出這麼多人，計畫完全亂了。」阿仁語帶抱怨地說完，又開始辯解：「不，阿藤，我不是在批評你的計畫，你也不可能猜到他們什麼時候會來這棟別墅，我只是說，我和阿田兩個人當時真的慌了。」

「而且，還發生了凶殺案。」阿田說。

「對對對，這是最大的意外。不知道那個兇手在想什麼，居然在這種時候殺人，就像我在電話中告訴你的。」

腳步聲又漸漸離去，似乎走去餐廳的方向，然後傳來竊竊私語的說話聲。

「屍體還在房間裡。」隱約聽到阿仁的說話聲，「對，還不知道是誰殺的，雖然他們自己討論了半天，但還沒有……沒錯。」

在眼前的異常狀況下，阿仁仰賴的那個朋友似乎也無計可施。最好的證明，就是他們陷入了很長的沉默。

然後，又傳來一陣竊竊私語。

「嗯，對啊，反正和我們沒關係，我們還是趕快離開這裡比較好。」

阿仁在說話，「所以，還是要帶一個人質離開。要帶誰？當然要挑選女人吧？」

他們的腳步聲又走了回來，似乎在物色合適的對象做為人質。

「我有話要對那個叫阿藤的人說。」

伸彥說道。高之察覺到有人在自己身旁停下了腳步。

「有什麼話要說？」回答的是阿仁，「如果你說要自己當人質，說了也沒用，我們在這個問題上不會妥協。」
「我不會再說這件事，但我想和你們做一筆交易。」
「交易？」
「不好意思，可不可以請你別說話？我要和那個叫阿藤的人談，他好像是你們的老大。」
「我們沒有誰是老大。」
阿仁似乎對被當成嘍囉很不高興，用不悅的聲音說道，「而且，阿藤也在聽你說話，少廢話，有話就快說吧。」
伸彥停頓了一下後開了口。
「在人質問題上，我想和你們做一筆交易。你們想在我們中間挑選一個人做為人質帶走，但對你們來說，這樣並不安全。因為容易被人發現，也不方便行動。」
「我們當然知道。」
「再說，要在哪裡釋放人質也是一個很大的問題。而且，即使遮住人質的眼睛，人質也會記住一些細節問題，到時候可能讓警方因為這些線索追蹤到你們。」
「如果有這方面的疑慮，」阿仁在說話時，傳來咚咚敲打東西的聲音，「我們會採取相應的手段，不需要你們瞎操心。」
「你們要殺人滅口嗎？」

「這是最後不得已的手段。」

「你們不必這麼做，還有更好的方法，所以我才提出要和你們做交易。」

「能夠讓我們順利逃脫的交易嗎？」

「當然。首先，我希望你們不要帶走這裡的人做為人質。」

「那要帶誰？」

阿仁很不耐煩地問，伸彥用低沉而平靜的聲音說：

「雪繪。」

「你說什麼？」阿仁叫了起來，「死人怎麼當人質？根本沒辦法對你們構成威脅。」

「但是，你們的目的是為了讓我們延遲報警，帶走雪繪可以充分達到這個目的。首先，當作你們帶走的不是屍體，而是活著的雪繪，但是，因為她得知了你們的秘密，所以你們在逃亡時殺了她，然後棄屍。」

「喂，喂，」阿仁笑了起來，「你也想得太美了吧？連殺人的罪也想推給我們嗎？」

「你先聽我說完，」伸彥說，「你從我們剛才的討論中知道，殺害她的很可能是我們其中的某一個人，但這件事一旦傳出去，可能會影響森崎家的聲譽，甚至會嚴重打擊森崎製藥的形象。因此，站在我的立場，無論如何都希望私下處理雪繪被殺害這件事，所以，如果當作是你們把她當作人質帶走，最後又殺了她，最不容易引起懷疑，警方也會相信。」

「這樣的結果對你們很好，對我們可是一點都不好。」

「是嗎？如果你們帶走屍體，我們可以向你們保證，在你們安全之前，我們絕對不會報警。瞭解嗎？在眼前這種情況下，如果你們被警方抓到，我們也很傷腦筋。」

好主意。高之不由得欽佩伸彥的多謀善斷。這麼一來，既不需要有人被帶走當作人質，又可以隱瞞雪繪遭殺害的事。姑且不論被搶匪軟禁的事，伸彥絕對不希望外人知道命案。

阿仁他們似乎也對這個突如其來的提議感到不知所措，一時無法回答。不一會兒，突然有人提出了質疑。

「伯父，我反對隱瞞這起事件，我認為必須追查兇手，查明真相。」

是阿川桂子。伸彥對她說：

「讓警察逮捕兇手並不是唯一的解決之道。可以在不公諸於世的情況下，由我們自己查明真相。」

「但是……」

「我不想和妳討論這些幼稚的話題，我有很多必須保護的東西，也許妳無法理解。」

「雖然你的提議不錯，但我們沒辦法放心。」

阿仁似乎和阿藤討論了一下，停頓了一下後開口說道，「沒有人能夠保證你們會不會突然改變心意，萬一我們離開之後，你們想要把一切公諸於世，我們不就完蛋了嗎？」

「我向你們保證，絕對不會發生這種情況。」
「你的保證沒有任何意義，那位小姐剛才也表示反對。」
他指的是阿川桂子，「其他人雖然嘴上沒說，但心裡可能也反對你的做法。」
「我負責說服所有人，絕對不會背叛你們。」
「我們怎麼可能相信？」
「請你們相信我，我真的不希望命案公諸於世。」
「你再怎麼說也是白費口舌。」
阿仁不理會伸彥提出的建議，伸彥只能沉默。高之以為他放棄了，但並不是這麼一回事。
他又從另一個角度說服。
「我認為掌握我們的弱點對你們比較有利。」
他說話的聲音比剛才低沉。
「所以才會帶人質離開啊，這就是我們掌握的弱點。」
「你們不可能永遠帶著人質，早晚必須放走人質。在確認人質的安全之後，我們就沒有任何弱點在你手上了。」
「那又怎麼樣？」阿仁語帶調侃地問。
「當然會把你們的事統統告訴警察，你們的年紀，還有互稱阿仁、阿田和阿藤——」

「想說就說啊，如果警方可以根據這些線索查到我們，我倒是想見識一下。」

仲彥不理會阿仁不以為然的態度，繼續說了下去，「我們可以告訴警方，其中有一個人是銀行內部人員嗎？」

頓時傳來有什麼東西倒地的聲音。應該是椅子。高之想像應該是阿藤驚訝地站起來時，椅子倒在地上。

「不，阿藤，不是我告訴他們的。是在談話的時候，他們自己猜中的。」

高之不難想像那個叫阿藤的人有什麼反應，阿仁慌亂的態度證明了一切。

他們再度小聲討論起來，這次討論的時間比剛才更久。

「爸爸，你是認真的嗎？」高之身旁的利明小聲問道。

「當然是認真的，你也要幫忙，還有其他人也要協助。」

「我覺得不可能一直隱瞞下去，日本警察很優秀，很快就會發現雪繪是在這裡死的。」

「別擔心，不會被人發現的。警方也不會想到這種情況下會發生命案。」

「的確，即使告訴別人，別人也不會相信。」

不一會兒，有腳步聲走過來。阿仁他們似乎討論出結果了。

「怎麼樣？願不願意接受我的交易？」

仲彥催促道。

「很遺憾，不能和你們做這筆交易。」

阿仁說道，但是，他的聲音中透露出前所未有的冷漠。

「為什麼？我認為這對你們最有利。」

「狀況改變了，我們決定採取更穩當的方法。」

「更穩當的方法？」

「對，」阿仁回答，「把你們統統殺了。」

4

好幾秒的時間沒有任何人說話。不光是高之，其他人也都驚訝得說不出話，阿仁可能對這些可憐人質的反應樂在其中。

「這是……開玩笑吧？」

木戶的聲音微微發抖。

「很遺憾，這並不是開玩笑。我們討論之後，認為這是最確實的方法，不要怪我們。」

「不要，請你們不要殺我們。根本沒必要殺我們啊，我們保證不會把你們的事告訴別人，所以，拜託你們，千萬別這麼做。」

木戶帶著哭腔說道，可能他真的哭了。看到他這麼慌亂，高之反而恢復了冷靜。

「你們打算把我們這七個人統統殺了嗎？」高之問。

「對，沒錯。」

「你知道這代表什麼意義嗎？萬一你們被抓，你們三個人都會被判處死刑。」

聽高之這麼說，阿仁沒有立刻回答。高之覺得他應該在和阿藤商量，阿藤掌握了決定權。

「我們不會被抓的，」阿仁終於開了口，「所以才要把你們統統殺了，況且，即使被抓到，也很難被判死刑。只要假裝有悔意，律師就會為我們積極爭取。」

「你們瘋了，」阿川桂子叫了起來，「你們不是人。」

「我們也是無可奈何啊。」

阿仁這麼說時，有人激動地哭喊起來。是厚子的聲音，但立刻聽到啪的一聲拍打的聲響，她「唏」了一聲，不再哭泣。聲音來自和阿仁不同的方向，可能是阿藤打了她一巴掌。

「不許吵，不要惹惱阿藤。」阿仁說。

必須趕快採取行動。高之心想。阿藤比想像中更加殘忍，一定是他決定要殺了所有人。

「你說要殺我們，到底打算怎麼下手？」

利明問。阿仁沒有立刻回答，只聽到竊竊私語的說話聲，應該在聽阿藤的指示。

「沒必要告訴你們，不必擔心，我們不會殘酷地一個一個下手，會同時埋葬你們。」

「埋葬？」

「阿田，阿藤車上裝了汽油，你去拿進來。」

「要用汽油……燒嗎？」

利明問，阿仁輕咳了一下，似乎代表肯定的意思。厚子再度放聲哭了起來。

「森崎先生，這都要怪你。全都是因為你廢話太多，才會導致這樣的結果，如果你剛才不說話，只要有一個人質被帶走就解決了。」

木戶哭喊著。他死到臨頭，已經失去了自我。他覺得自己不可能被當成人質帶走，所以才會自私地說這種話。

「阿藤，等一下，我有話要說。請你再考慮一下剛剛的交易，對你們絕對有好處。」

利明不顧一切地說道。

「這個問題，我們已經做出了結論。既然你們已經發現了阿藤的身分，當然不可能讓你們活命。」

「你以為我們會說出去嗎？就像我父親說的，如果你們帶走屍體，我們反而要祈禱你們不被警方抓到，我們不會自掘墳墓。」

「阿藤說，沒辦法相信你們，沒有足夠的理由可以讓我們相信你們。」

雖然是阿仁回答，但他第一次明確表達了阿藤的意見。「既然沒有足夠的理由，對我們來說，這場交易就是賭博。雖然我們並不怕賭博，但承擔的風險和好處不成比例。和你們做這筆交易，只是拖延你們報警的時間，對我們來說未免太不划算了，還不如把你們統統殺了更乾脆。」

這時，傳來阿田進屋的動靜，飄來淡淡的汽油味。「辛苦了。」阿仁對他說。

「阿藤，要怎麼灑？」

阿田問。他似乎連這種細節都要請示。「是嗎？先在房間周圍灑一圈，然後再倒在所有人身上點火嗎？」

「這個方法比較可靠。」

阿仁的話音剛落，就聽到有東西倒出來的聲音，房間內立刻瀰漫著汽油特有的臭味。「救命。」木戶發出絕望的叫喊。

「等一下，再等一下。阿藤，你還在這裡吧？你聽我說。」

利明一口氣說道。

「死到臨頭了，不要再做垂死掙扎了。」

「先聽我說，你剛才說，沒什麼好處，但這個方法至少比你把我們都殺光滅口有利。因為我們可以說謊。」

短暫的寂靜，阿仁隨即叫了起來：「阿田，先停下。」

阿田似乎停止倒汽油，室內沒有任何動靜。

「要怎麼說謊？」阿仁問。

「什麼謊都可以說，可以說搶匪只有一個人，是高個子的年輕人，也可以說是外國人。總之，會說對你們有利的謊。」

「等一下。」

腳步聲走向餐廳的方向。搶匪似乎認為利明的提議值得討論。

「事到如今，你還想袒護他們嗎？」

阿川桂子質問道，她的語氣充滿責備。

「這是為了活命。剛才我父親也說了，這種時候不想聽妳幼稚的意見。」

利明用不容爭辯的語氣說道。

不一會兒，阿仁他們走了回來。

「雖然你們提出了對我們有利的方案，但在目前的狀況下，無法接受這個條件。因為我們對這次的命案一無所知，即使帶著屍體走，也不會有什麼好結果。」

「但是，你們知道我們想要隱瞞這起命案。」

「這一點沒錯，但目前根本不知道誰是兇手，不能算是掌握了你們的弱點。」

利明說不出話，阿仁立刻乘勝追擊。「但如果知道誰是兇手，我們倒是願意考慮一下，但沒辦法保證一定可以讓你們活命，只是可能會視結果改變方針。」

「但眼前的狀況要怎麼查兇手？」

伸彥語帶痛苦地說。

「那我們可以給你們時間，一個小時。你們可以爭辯或是討論，找出誰是兇手。如果找不到兇手，很遺憾，所有人都得死，聽懂了嗎？」

「等一下，只要查到兇手，就不會殺死所有人嗎？」厚子問。

「要看結果。」

「好，那我就實話實說，是我……殺了雪繪。」

「什麼？」

「媽，妳在說什麼？」

森崎父子接連發出驚訝的聲音。

「不，真的……我說的是真話，是我、殺了雪繪。」

騙人。高之立刻就識破了。她只是承認自己是兇手，希望阿仁他們改變主意。因為，雪繪遇害時，她一直和阿仁在一起。

最清楚她不可能是兇手的阿仁哼了一聲。

「這位太太，怎麼可以騙人呢？」

「不，請你相信，真的是我殺的。」

「那我問妳，妳撕下的那頁日記在哪裡？如果妳知道，我願意相信妳是兇手。」

「我……丟掉了，撕碎了之後丟進馬桶……」

「上面寫了什麼？」

「寫了雪繪殺了朋美的事。」

「是嗎？所以是報仇嗎？那我問妳，妳怎麼知道那個叫雪繪的殺了妳女兒？」

「呃……」

厚子輕輕叫了一聲，沒有再說話。

「我就知道，」阿仁說，「如果回答不出這個問題就太奇怪了。我能理解妳的心情，但妳一整晚都和我在一起，要怎麼殺人？怎麼可以作假呢？」

「就當作是我殺的。」

「那怎麼行？要查明真相，大家都聽懂了吧？時間只剩下五十五分鐘了。」

5

有好一會兒，沒有人說話。在手腳失去自由，眼睛也看不到的情況下，大家對發言的行為也變得小心謹慎。

「事到如今，只能設法查明真相，大家不要悶不吭氣。」

利明首先出聲呼籲。

「到底是誰幹的？趕快老實承認，」木戶叫了起來，「現在隱瞞也沒有意義，反正已經死到臨頭了，還不如老實招供。即使知道誰是兇手，大家也不會報警。」

他對著看不見、也不知道是誰的兇手喊話，但是，沒有人承認。

「那就用消去法。首先，應該可以排除伯母的嫌疑。」

「我贊成，不可能是她殺的。」高之也表示同意。

「但是，除此以外，還能排除誰？」利明說：「今天早上的討論已經知道，從動機的角度來說，幾乎每個人都有可能。」

「我覺得應該可以排除下條小姐。」

高之提議，無論怎麼想，都應該不是她殺的。

「不，這不符合邏輯。」

提出反對的不是別人，正是下條玲子本人。

「我之前也說過，沒辦法瞭解彼此私下可能隱藏的關係，所以，消去法的標準必須更加客觀才行。」

「雖然妳這麼說，但根本沒有任何可以用於消去法的參考材料。」

利明重重地嘆了一口氣。

「不，只要靜下來思考一下，就會發現其實有參考材料。」

下條玲子斬釘截鐵地說，她說話的語氣很沉重，高之有點意外。現場頓時安靜下來。

「沒想到妳一個外人，說話竟然這麼有自信。妳說說看，有什麼參考材料？」

利明的語氣中帶著嘲諷，但顯然充滿了期待。

「首先，請各位回想一下被軟禁在這裡之後的情況。」

下條玲子用響亮的聲音開始說道，「我和高之先生，還有其他人都設法和外界聯絡。」

她說出了在地上寫ＳＯＳ，以及讓電源開關跳電的設計。

「什麼？你們居然做這種事？」

頭頂上突然傳來阿仁的聲音，他們似乎在樓上聽樓下的討論。

「結果都失敗了，因為有人搞破壞。」

她又解釋了搞破壞的情況，阿仁又納悶地問：「是誰幹的？我有言在先，可不是我喔。」

「問題是為什麼有人搞破壞？當時，我完全沒有頭緒，但得知雪繪被人殺害時，我終於恍然大悟。」

「是殺了雪繪的兇手搞破壞，都是為了行凶做準備——是這個意思嗎？」

高之說出了自己的想法。
「應該是這樣，兇手企圖殺了她後嫁禍給搶匪，所以，必須維持我們遭到軟禁的狀態。」
「同時，也可以拖延屍體被發現的時間，」高之說，「只要拖延警方偵察的時間，就可以降低破案的機率。」
「我也有同感。」
「所以，有兩件事可以鎖定兇手。首先，是誰消除了SOS的文字？還有，是誰破壞了停電作戰？」
由於發現了討論的線索，利明顯得有點興奮。
「首先來討論SOS，高之先生，你有沒有把我在地上寫SOS的事告訴別人？」
「沒有，我沒有告訴任何人。」
「是嗎？我也沒告訴任何人。」
「那兇手就是偶然發現的，可能從廁所的窗戶看到的。」
伸彥自言自語地嘀咕，下條玲子沒有回答他的話，反而問大家：
「除了高之先生以外，知道寫了那幾個字的人請舉手。」
沒有人舉手。
「在眼前的情況下，真兇當然不可能承認，」利明說，「除非下條小姐和高之是兇手。」

「是啊，那我再問其他的問題，就是計時器的事。這個計畫各位都知道，原本計畫昨晚七點要停電，但是，計時器遭到破壞，所以，在此之前進廁所的人嫌疑重大。現在我想請教各位，得知這個計畫後，有誰去過廁所？」

「我去過。」厚子首先說道，「但我沒有碰計時器，我對機械很外行，也從來沒有碰過這些東西。」

「我也去過，我記得是六點整，裝了計時器後，我馬上就去了，當時並沒有異常。」

伸彥用嚴肅的語氣說道。

「我也去過，」阿川桂子說，「我想看看計時器長什麼樣子，我對機械也很外行，但據我的觀察，並沒有異狀。」

「我也去過，但並沒有確認計時器的情況……」

木戶的語尾微微顫抖。

「只有這幾個人去過廁所嗎？我記得好像還有更多人……」

利明嘀咕道，但語氣沒什麼自信。高之也有同感，但他並不記得有誰去過，只有隱約記得木戶去過。

「看來無法順利鎖定。因為時間所剩不多了，最好不要在這個問題上繼續鑽牛角尖。」

「爸爸，既然你這麼說，是不是有什麼想法？」

「談不上是想法，只是覺得再一次深入討論動機的問題，也許不失為一種方法。目前已經提出了各種假設，但好像都缺乏足夠的說服力。」

「哪個部分缺乏說服力？」

阿川桂子似乎覺得伸彥挑剔她提出的假設，忍不住質問道。

「不是說哪個部分，而是整體缺乏真實性，我認為殺人這種事，通常是在衝動下行凶。」

「不，如果是衝動殺人，就無法解釋之前為什麼有那些破壞行為，而且，事到如今，沒時間調查動機。我覺得還是再聽聽下條小姐的想法。」

利明把討論的主導權交回玲子手上。

「桂子小姐，妳有看清楚計時器的情況嗎？」玲子問。

「我沒有仔細看，但電線並沒有被扯斷，這點千真萬確。」

如果她的證詞可靠，兇手那時候還沒有去廁所。所以——

「不是我，」木戶說，「我沒做這種事。」

「木戶先生，你不要激動，我還沒有說任何話。」

「但是，只有我在阿川小姐之後去上廁所。」

「木戶先生，你的立場的確很微妙，但不會因為這樣就懷疑你，請你不必緊張。」

或許是因為眼睛看不到的關係，木戶像發情的狗一樣呼吸急促。

「好，」下條玲子的聲音越來越冷靜，「我再來問下一個問題，請問這次有沒有人帶安眠藥來這裡？」

「安眠藥？」利明訝異地問。

「我有幾顆安眠藥，放在房間的皮包裡。外出旅行時，有時候會睡不著……」

首先說話的是厚子，接著，木戶也小聲地說：「我皮包裡也有，但那又怎麼樣？」

「我接下來會解釋，沒有其他人有吧？森崎太太、木戶先生，你們有沒有把安眠藥交給其他人？」

兩個人都回答沒有給其他人。

「問這個問題到底有什麼目的？」

「董事長，我等一下會解釋。」

玲子說「等一下」這三個字時特別用力，高之格外在意。

「偵探問案結束了嗎？」

看到下條玲子不再說話，阿仁在樓上問道，同時傳來走下樓梯的聲音，「既然問案已經結束，顯然妳已經知道誰是兇手了。」

「等、等一下，還不到一個小時吧？眼前的狀況一片混亂，根本沒有釐清任何事啊。」

伸彥慌慌張張地說道，高之也有同感，卻不知道接下來還能討論什麼。

「董事長先生雖然這麼說，但不知道名偵探的意下如何？還需要更多時間嗎？我們可以再等三十分鐘。」

但是，下條玲子用鎮定的語氣回答：

「不，時間已經足夠了，我已經統統知道了。」

「統統知道了？」利明叫了起來，「妳已經從剛才的討論中，知道誰是兇手了？」

「對，我已經知道了，一切都符合我的推理。」

「好，太有意思了。那就請妳說說，到底誰是兇手。」

阿仁大聲地說，但玲子故意吊胃口地說：

「可不可以把眼遮拿掉？現在什麼都看不見，很難說明狀況。」

「那就沒辦法了，好，阿田，把所有人的眼遮都拿掉。」

6

拿掉眼遮後，只要一點點光就會感到刺眼，高之連續眨了好幾次眼睛，其他人也都一樣。高之看著阿仁，因為不見阿藤的蹤影。利明和其他人也都四處張望。

「阿藤去了二樓，因為不能夠給你們看到他長什麼樣子。」

「即使看到了，我們也不可能告訴警察。」利明說。

「我們怎麼可能輕易相信你們，好了，趕快開始分析吧。」

聽到阿仁這麼說，所有人都看著下條玲子。她用力深呼吸了一下。

「因為ＳＯＳ這幾個字消失了，導致我對某個人產生了疑問。首先，是誰消掉了ＳＯＳ這三個字？因為只要用水管從廁所窗戶伸出去，就可以用水沖掉那幾個字，所以每個人都有可能。但是，這裡有另外一個問題，那個人為什麼會知道廁所窗戶下有ＳＯＳ三個字？照理說，只有我和高之先生知道這件事，我們兩個人都沒有告訴任何人。」

「所以，應該是從廁所的窗戶看到的吧？」

阿仁對玲子繞圈子說話感到焦急，忍不住問。

「不，」她說：「不可能。那幾個字寫在窗戶正下方，從廁所的窗戶根本看不到。我故意寫在那裡，以免被你們發現。」

所有人都倒吸了一口氣。高之也沒有察覺到這一點。

「所以說——」利明開了口，所有人的視線都集中在高之身上。

「不，不是高之先生。是高之先生告訴我，ＳＯＳ幾個字被人弄不見了，如果是他弄不見的，根本不必告訴我。」

「那就不合理了啊，不是沒有其他人知道ＳＯＳ的事嗎？」

「對，但是有人因為巧合看到了。」
「怎麼看到的？從屋內不是看不到嗎？」
阿仁生氣地問。
「對，從廁所的窗戶看不到，但從二樓的窗戶應該可以看到。」
「二樓？」阿仁皺起眉頭，「怎麼可能？根據剛才你們說的，有ＳＯＳ的那段時間，所有人都在這裡，沒有人去過二樓。」
「不，有人去過。有一個人去過。」
「誰？」
下條玲子的雙眼緩緩移動，然後停在其中一人的身上。
「森崎董事長。」
「怎麼可能？這……」
利明雙眼充血，伸彥面不改色，注視著斜下方。
「你們記得嗎？董事長曾經提出要去房間幫太太拿衣服，應該是那個時候從房間的窗口看到了ＳＯＳ。」
「對了，這傢伙那時候的確從窗戶往外看，絕對沒錯。」
剛才始終沒有說話的阿田突然插嘴說道，當時的確是他跟著伸彥上了樓。

伸彥緩緩抬起頭，注視著在工作上是他得力助手的祕書。

「只因為這樣，就把我當成殺人兇手嗎？」

「不，董事長，只是這件事成為我懷疑你的契機。」

「真遺憾，沒想到我會被妳懷疑。」

伸彥露出大膽無懼的笑容，輕輕搖了搖頭。

「我也很遺憾，但是，如果再考慮計時器的事，除了董事長以外，沒有其他人了。」

「什麼意思？」高之問。

「剛才已經確認了，在設置計時器後，有幾個人去了廁所，兇手是在那時破壞了計時器嗎？從兇手的心理來考慮，我認為不可能。」

「為什麼？」

「因為有可能給自己帶來很大的危險。在兇手破壞計時器後，沒有人能夠保證別人不去廁所，之後去廁所的人也許會確認計時器有沒有發揮作用。如果有人發現計時器壞了，就會懷疑前一個去上廁所的人。」

「原來如此。」

阿仁一臉佩服地說，阿田也拚命點頭。

「我說了很多次，我進去的時候，計時器還很正常。」

阿川桂子說。

「在那個時間點，兇手不能破壞計時器，否則就會遭到懷疑，但是，兇手並不希望在設定的時間內停電，於是，兇手應該稍微調整了計時器的刻度。計時器原本應該在七點發揮作用，兇手可能把時間調到十點二十分，所以，即使預定的時間到了，當然也不可能停電。當大家都感到納悶時，兇手假裝去廁所察看，這次才終於破壞了計時器，然後再告訴大家，計時器被人破壞了。」

高之倒吸了一口氣，看著伸彥。下條玲子說的沒錯，停電計畫失敗時，伸彥第一個去廁所。

「荒唐，莫名其妙，」伸彥嗤之以鼻，「妳說這些話有什麼根據……」

「董事長，你還做了另一項準備，你讓那個大塊頭吃了安眠藥。」

所有人都看著阿田。沒錯，這個男人昨晚呼呼大睡絕非偶然。

「我猜想你去二樓的房間為太太拿衣服時，偷偷從太太的皮包裡拿了安眠藥，然後，在吃晚餐時，乘機混進啤酒裡，讓那個大塊頭喝了下去，然後用各種理由和搶匪交涉，讓每個人回各自的房間。」

「原來是這樣，這麼一想，事情就變得很簡單了，」阿仁說，「如果你們沒有回各自的房間，就不會發生這次的命案。所以，提出這個建議的人最可疑。」

「胡說八道。到底有什麼證據？況且，我為什麼要殺雪繪？」

高之覺得，即使沒有證據，伸彥目前慌張的態度已經證明了一切。利明和厚子似乎也有同感，都用絕望的眼神看著他。

「動機就如阿川小姐所說的，」下條玲子說，「雪繪殺了朋美，所以你是為了報仇。董事長把大家找來這裡，也是為了這個目的，剛好有兩名搶匪闖入，所以將計就計，利用了目前的情況。」

「不要信口開河，我相信朋美死於意外，怎麼可能懷疑雪繪？」

「不，董事長應該知道。因為你第一個拿到朋美的遺物，當時，藥盒是不是空的？」

「空的？」

利明看著父親的臉。伸彥的太陽穴流下一道汗。

「我完全不知道妳在說什麼……」

「藥盒裡是空的，」玲子說：「但是，當時你並不認為有什麼問題，當太太打開藥盒，發現裡面的藥時，你才覺得不對勁。你看的時候沒有藥，不知道什麼時候又出現了。你把遺物交給太太之前，曾經交給雪繪，這表示是雪繪把藥放進藥盒。她為什麼要這麼做？」

「為了隱瞞朋美吃藥這個事實，」阿川桂子張大了眼睛，「雪繪把朋美藥盒裡的藥換成了安眠藥，也成功地害死了朋美，但她很擔心萬一警察產生懷疑，就會解剖屍體，所以，為了偽裝成朋美沒有吃藥，就把藥放回了藥盒。」

「應該是這樣。董事長也發現了這件事，所以就打算找機會向雪繪報仇——」

「胡說八道，別再亂說一通了。」

伸彥說得咬牙切齒，用凶惡的眼神瞪著下條玲子。他慌亂的樣子反而證實了大家內心的疑惑。

「森崎先生，你為什麼要這麼做……？」

木戶用充滿仇恨的眼神看著他。

「老公……」

「爸爸，請你說實話。」

在妻子和兒子痛苦的眼神注視下，伸彥終於再也受不了。他用被反綁的雙手支撐著站了起來，跑向陽台，腳上的繩子不知道什麼時候鬆開了。

「啊，等一下。」

阿仁和阿田追了上去，但已經來不及了。伸彥用以他的年紀難以想像的輕巧動作縱身一躍，越過了陽台的欄杆。

「啊，老公！」

厚子的話音剛落，就傳來有東西掉入湖中的聲音。

第六幕　惡夢

1

阿仁和阿田跑去陽台，低頭看著湖面很久，終於不抱希望地走了回來。
「沒指望了，」阿仁說，「沒有浮出水面，很可惜，應該沒救了。」
厚子立刻大聲哭了起來。
「唉，怎麼會這樣？他根本不需要死啊，也許可以找到什麼解決方法。」
其他人都沉默不語，下條玲子似乎為自己把伸彥逼上絕路感到自責，痛苦地皺著眉頭，垂頭喪氣。
「阿田，你看著他們，我去和阿藤商量一下。」
阿仁說完，走上了樓。阿藤似乎在高之的房間內等待。
剛才發生的一切令人難以置信，所有人都茫然若失。讓人透不過氣的沉默中，只聽到厚子的啜泣聲。

不一會兒，阿仁從二樓走了下來。

「有好消息要告訴你們，」阿仁說：「現在決定不殺你們了，我們明天黎明出發，到時候，會按照你們剛才建議的，帶著那個女人的屍體離開，你們可以對警察說，是我們把她當作人質帶走了，至於剛才那個男人，就說他想要逃離我們，從陽台跳出去。」

「還有其他要我們對警察說的嗎？」利明問。

「銀行的人看到了我們大致的體格和年紀，所以謊言不要說得太離譜，反而會引起懷疑。你們可以對警方說，搶匪說的是關西話，說要逃去關西。這麼一來，就可以影響警方的行動。」

「好，那我們就這麼說。」

森崎家的人絕對想要隱瞞伸彥殺了雪繪這件事，阿仁他們也瞭解這件事的重要性，所以才答應了這個條件。

「雖然你們兩個人已經同意了，其他人也沒有問題吧？」

阿仁巡視著利明和厚子以外的人說道。

「不用擔心，我一定會說服他們配合，請你相信我。」

利明看著高之他們回答。

即使不需要利明說服，高之也不會因為這件事向警方報警，阿川桂子也對為朋美報仇的伸彥深表同情，木戶當然也不願公開雪繪殺人的事，這兩個人並沒有問題。最後只剩下下條玲子，但報警對她並沒有好處，而且，被人知道上司是殺人兇手這個事實，恐怕會對她日後產生不良影響。最後，利明沒有費太多口舌，很快就說服了其他人。

「好了，那我在出發之前先去睡一下。阿田，今天晚上請你負責監視了。」

「我不能去睡嗎？」

阿田不服地張大了鼻孔。

「你昨晚不是睡了很久嗎？我來這裡之後，完全沒有闔過眼。」

「我是因為吃了藥才會睡著。」

「不管是因為什麼原因，反正你睡得很熟，你好好看著他們，知道了嗎？」

阿仁拿了一瓶洋酒，正準備走上樓梯。

「我一個人要監視這麼多人嗎？」

聽到阿田這麼說，阿仁停下了腳步。

「他們不是都被綁住了嗎？」

「我不要，還要帶他們去上廁所，我討厭這種麻煩事。」

「我們也覺得受夠了。」木戶說。

「是嗎……那等一下。」

阿仁走去阿藤的那個房間，兩、三分鐘後走了出來。

「好，那讓人質回各自的房間，用木板和釘子從外面固定。只要超過兩個人，就不會有什麼好事，所以一個人一個房間。明天早上我們離開時，也不要把木板拆掉，即使他們想要反悔，也沒辦法立刻報警。」

「好主意。」阿田露出開心的表情。

「但是，並不是所有人都可以回房間，必須留一個人在酒吧，由阿田負責監視。萬一有什麼情況時，沒有這個別墅的人出去應付恐怕不太妙。」

「那就這個女人吧。」

阿田指著阿川桂子，她皺著眉頭，渾身緊張起來。

「但阿藤說，要找男人當人質。女人很麻煩，帶去廁所也很麻煩。」

阿仁走上樓梯時說。阿田很不服氣，但只能縮回準備去抓桂子手臂的手。

「你留在這裡，」阿仁看著高之說：「因為我們要用你的房間。」

阿仁為每個人鬆綁後，帶去各自的房間，阿田去儲藏室拿了釘子和鎯頭。

「一定要釘牢，不能讓他們用身體撞一下就撞開。反正即使關在裡面兩、三天，人也沒那麼容易死。而且，連續幾天沒有聯絡，公司的人或是親戚就會來這裡察看吧。」

把所有人都帶回各自的房間後，阿仁下了樓，蹲在高之面前說：

「不好意思，你可能會比較不方便，但反正不會太久。我們離開的時候，會把你和其他人一樣關進房間，也會為你的手腳鬆綁。」

說完，他把高之的雙手和雙腳綁得更緊，高之覺得自己的血液都無法循環了。

「我可以問一個問題嗎？」高之問。

「什麼事？」

「你們從銀行搶了多少錢？」

正打算綁住他眼睛的阿仁停下了手。

「為什麼要問這種事？」

「只是好奇而已，我在想，有多大的投資報酬率，讓你們願意去搶銀行？」

「我們又不是企業，沒有所謂的目標金額，當然是越多越好。嗯，這次差不多有三億。」

「三億喔……」

高之不太瞭解這個金額的價值，既可以說居然有三億，也可以說，只不過是三億而已。

「所以，為了三億，即使殺人也在所不惜。」

「是啊，但並不是金額的問題，每個人都會有想要賭一把的時候，這種時候，即使殺人也在所不惜，你不覺得嗎？你沒有這種經驗嗎？」

「不知道……」

高之無言以對，不知道該怎麼回答。

不一會兒，他就無法說話了。因為他不僅被蒙住了眼睛，連嘴巴也被塞住了。他倒在酒吧旁的地上，臉頰感受到地板冰冷的感覺。

「不好意思，讓你像條蟲一樣躺在這裡，不要恨我們。我剛才也說了，我們做好了殺人的心理準備，不瞞你說，現在沒有傷害任何人，心裡鬆了一口氣。雖然死了兩個人，但是都和我們無關。」

阿仁拍了拍高之的肩膀，腳步聲漸漸遠離，只聽到阿田有節奏地敲釘子的聲音。

2

高之獨自留在酒吧，全身都失去了自由，眼睛也看不到，只聽到隱約的蟲鳴。雖然阿田可能在監視，因為感受不到他的動靜，所以仍然感到很孤獨。

到底是怎麼回事？高之忍不住回想起這兩天發生的事。來到這棟別墅時，作夢都沒有想到會捲入這種事態裡。

然而，最令高之震驚的不是被搶匪軟禁這件事，而是關於雪繪死亡的真相。

雪繪殺了朋美，伸彥為了報仇，又殺了雪繪。

他無法相信。

他們說，雪繪把藥盒裡的藥調了包，真的有可能嗎？但是，如果她偷偷把藥放進原本是空的藥盒裡，其中一定有什麼原因。

但是，無論怎麼想，他都不認為雪繪會做出殺人這麼可怕的事，一定還有其他的隱情。

——那天，雪繪和朋美見面這件事似乎是事實，所以……

一個想法浮現在高之的腦海，這個想法徹底顛覆了在朋美死去之後，他一直相信的事，當然，也完全改變了這起事件所代表的意義。

——鎮定，再重新整理一次。

高之一邊告訴自己，一邊重新整理了記憶。然而，越深入思考，就越增加了不愉快想像的真實度，雪繪愛上自己的事實也變得更加明確。

他的腋下流著汗。今晚特別涼快，照理說，不應該會流汗。

由於雙手雙腳都被綁住，他連續翻了好幾次身，不祥的思考始終揮之不去。

高之獨自忍受著痛苦的夜晚時，不知道哪裡突然傳來嘎登的輕微聲音。

接著是木板發出咯嘰咯嘰的聲音。

怎麼回事？高之豎起耳朵，又聽到玻璃門打開的聲音，風吹了進來。那應該是陽台的方向。

阿田打開陽台的落地窗嗎？但是，只要他一走路，應該可以聽得出來。因為他的腳步聲很沉重。他正在這麼想的時候，聽到身旁的地板發出咯嘰的聲音。

高之緊張起來。他聽到呼吸聲。有人在自己的旁邊。是誰？高之想要問，但嘴巴被塞住了，無法發出聲音。

「嗯嗯……」

高之發出呻吟，但立刻被人抓住了腳踝。他的呻吟在喉嚨深處變成了慘叫，但並沒有發出任何聲音。

「不要說話。」

耳邊響起說話聲。聽到這個聲音，高之更加驚訝了。因為那是伸彥的聲音。他還活著嗎？

「你受委屈了，等一下，我馬上幫你解開。」

伸彥為他拆下眼遮後，高之發現室內一片漆黑，但因為剛才一直閉著眼睛，所以並不會看不到周圍的情況，但是，他還是一下子無法認出眼前的人是伸彥。因為他滿身傷痕，而且渾身都濕透了。

「森崎先生……你沒事嗎？」

伸彥為他鬆開塞住嘴巴的布條後，高之壓低嗓門說道。他左右張望，不見阿田的身影。

「總算還活著，我以前可是跳水選手，曾經在更高的地方跳水，當然，那時候沒有現在的鮪魚肚。」

伸彥為高之的手腳鬆綁，「原本想一死了之，真是諷刺啊。」

「你為什麼又回來這裡？」

「一開始，我並不打算回來。當我得知自己沒死時，想要遠走他鄉，拋棄過去的自己，去打工養活自己。我以前就很嚮往這種生活。」

大公司的董事長似乎都有類似的夢想。

「但靜下來思考後，我發現自己可能犯下了大錯。」

「你說的犯錯，是指殺了雪繪這件事嗎？」

「對。但我對復仇這件事並不感到後悔，無論說什麼，那都是我必須做的事，只是我開始懷疑，復仇的對象真的應該是她嗎？」

「什麼意思？」

「我必須從頭開始說明。」

伸彥皺了皺眉頭繼續說道，不知道是否因為身體疼痛的關係，「真相大致就像下條說的那樣，她真了不起，在大家都陷入一團慌亂時，只有她一個人冷靜地思考。當初是我拔擢她成為祕書，我的眼光果然沒有錯，她真的很聰明，或許該說她太聰明了。」

「根據她的說法，你計畫這次旅行的目的就是為了復仇。」

「她說的完全正確。」

伸彥一臉嚴肅地點了點頭，「我之所以會懷疑雪繪，也和下條說明的一樣。在發現朋美的秘密日記後，才終於完全相信。朋美的日記上寫滿了對你的深情，身為父親，我忍不住有點嫉妒，但在她去世前不久，發現從某些內容中，可以感受到她很擔心雪繪會把你搶走，於是，我終於知道，雪繪有了殺死朋美的動機。」

「但是，你並沒有馬上報仇。」

「雖然我並不是拘泥於殺人舞台的設定，但也不想就這樣隨便殺了她，所以，我希望她死在朋美喪生的這個地方。」

「但警方會展開調查，你可能會成為警方眼中可疑的嫌犯，難道你沒有想到可能帶來的危險嗎？」

「我當然考慮了各種方法，最理想的方法，就是讓她看起來像是自殺。按照我的設計，就是她無法承受殺害朋美的良心苛責，投湖自盡。如果這個方法不成功，就偽裝成外人所為。只要讓警方知道大家都很愛雪繪，就不會懷疑是我們自己人幹的。」

原來如此。高之點了點頭。伸彥果然厲害，除了最理想的方案以外，還準備了替代方案。

「沒想到發生了完全出乎意料的情況。」

「真的完全沒有料到，」仲彥帶著苦笑嘆息道，「真的作夢也沒有想到，我怎麼也不可能想到搶匪會闖進我家。」

「即使如此，你的復仇計畫仍然沒有改變，反而想要利用這種複雜的狀況。」

「我以為在這種狀況下殺人，就可以嫁禍給搶匪，我真是太天真了。」

仲彥用右手揉了揉自己的肩膀，轉動了兩、三次脖子，關節發出沉悶的聲音。

「實際執行後，就發現有很多問題，最大的失算，就是消除了外人犯案的可能性。仔細想一想，就知道原本就是這麼一回事，但在特殊環境下殺人，讓我失去了自我。」

「但你還是達到了目的。」

「算是……達到了目的。」

仲彥露出憂鬱的表情。

「有什麼問題嗎？你剛才說，復仇的對象可能另有其人。」

「對，就是這麼一回事，」他說：「這就必須提到殺雪繪時的情況。首先要說說叫她把房門的鎖打開的紙條，不瞞你說，我是假冒你的名義寫的。」

「我的？」

「對，因為我猜想她以為是你寫的紙條，就一定會照做，我的猜想也完全正確。我一整晚都從門縫中監視那個叫阿仁的男子，因為我料想他早晚會上廁所。當他果然如我的預期消失時，我立刻從自己的房間衝出來，跑向雪繪的房間。她的房間沒有鎖門，一下子就進去了。雪繪沒有睡，正在等你，看到我走進去時，露出了意外和失望的表情。我問她，是不是她在朋美的藥盒裡補充了止痛藥。」

「結果呢？」

「她似乎沒有馬上領悟我說的意思，幾秒鐘之後才終於理解，那對大眼睛張得更大了。她說，對啊，但這是有原因的。但是，我沒有聽她說原因，只要看到她的這種反應，對我來說就足夠了。沒錯，我確信就是她殺了朋美。我露出溫柔的表情走向她，立刻繞到她的背後，毫不猶豫地把刀子刺向她。她幾乎沒有發出任何聲音，只是痛苦地、哀傷地看著我。」

仲彥說到這裡，臉上帶著愁容，「但是，她輕輕搖著頭，只說了一句話：『不是你想的那樣，但也是同罪。』」

「同罪？」

「對，她的確這麼說了。也許是她承認是她在藥盒裡補充了藥，但並不承認朋美是她殺的。只不過在當時，我並沒有想那麼多。殺人讓我情緒高亢，無法靜下來思考。我只想趕快銷毀紙條，趕快離開現場。我把門打開一條縫，偷偷觀察外面的情況，確認阿仁還沒有回來，就溜出了她的房間。這時，我聽到背後傳來動靜。」

仲彥注視著高之的雙眼。「雪繪正在撕日記，你猜她把撕下的日記怎麼了？」

高之搖了搖頭，伸彥說：「她把那張日記塞進了自己的嘴裡。」

「塞進嘴裡？」

「我猜想那一頁上應該寫了什麼不可告人的秘密，我想要搶過來，但剛好聽到阿仁從廁所走出來的聲音，我無法繼續在那裡耗時間，只能直接回到自己的房間。我在想，那一頁日記上一定寫了殺死朋美的事，因為雪繪不想被別人知道，所以才會那麼做。」

原來她把日記塞進嘴裡了——難怪一直找不到。高之心想。

「但是，當我靜下心之後，就覺得她快死了，有必要做這種事嗎？我腦筋一片混亂，最後，想到了完全不同的可能性。」

高之看到伸彥的太陽穴抽搐了一下。他用力吞下口水。

「不同的可能性是指？」

「她……雪繪可能在袒護別人。」

「啊……」

「所以，她說的那句『同罪』就有了意義。我是這麼想的，假設還有一個雪繪以外的人X，X想要殺朋美，想到可以用止痛藥換成安眠藥的方式。那天，朋美毫不知情，把藥放進藥盒就去了教堂，回來之前和雪繪見了面，只是不知道她們是巧遇，還是特地約了見面。」

她們兩個人應該有約。高之心想，如果是巧遇，未免也太巧了。

「我猜想朋美在雪繪面前吃藥，朋美當然以為自己吃的是止痛藥，但雪繪察覺那是安眠藥，她察覺有人打算要朋美的命，搞不好她猜到那個人是誰。」

「她為什麼會猜到？」

「我不太清楚實情，但我在猜想，」伸彥停頓了一下，點了點頭後繼續說：「那個人對雪繪很重要，所以，當她得知朋美的死訊後，她最先想到不能讓別人察覺藥盒裡的藥被人調包了。於是，她看到遺物時，就偷偷把止痛藥放了進去，所以，她才會在臨死前說自己同罪。」

原來是這麼一回事——高之緊緊握住拳頭，他的全身發熱。之前，他的思考方向完全錯了。

「總之，」伸彥說，「我犯下了大錯，既然這樣，我就不能繼續逃亡。我要向警方自首，彌補自己所做的事。」

「但是，殺害雪繪的事可以嫁禍給那幾個搶匪，即使你想要補償，為了家人著想，還是不要自首……」

但是，伸彥搖了搖頭。

「我無法心安理得。如果是雪繪殺了朋美，我打算讓那幾個搶匪頂罪。」

「但是，現在還不瞭解真相啊，也許真的是雪繪殺了朋美。」

「不，不可能。只要冷靜思考一下，就知道不可能，她不可能做這種事。無論如何，只要找到撕下來的日記就好，這也是我回到這裡的最大目的。」

伸彥搖搖晃晃地走向樓梯，他打算去二樓。高之抓住了他的手。

「會被那幾個搶匪發現。」

「沒關係，我打算把實話告訴他們。你可不可以放開我？」

「不，」高之緩緩搖頭，他感受到某種黑暗的東西在內心擴散，「我不能放手。」

「你說什麼？」

伸彥感到訝異的同時，高之用雙手掐住了他的脖子。

3

高之並沒有討厭朋美，但是，對和她結婚開始感到猶豫。最大的原因，當然是在那一天，在情人節隔天見到了篠雪繪的關係。聽了她對自己說出類似表白的話語，高之對朋美的感情漸漸發生了變化。

第一次見到雪繪時，高之就覺得她是一個很有魅力的女人，她的純真、坦誠和可愛立刻打動了他的心。

但是，他當時並沒有意識到這件事。不，應該說，他努力避免自己去想這件事，假裝沒有察覺自己深受她的吸引。每次朋美邀她一起去看戲時，他都感受到一種和朋美單獨相處時不同的悸動。

就在這時，他察覺到雪繪對自己的心意。雖然雪繪並沒有親口對他明說，但他察覺到雪繪愛上了自己。

「你一定要讓小朋幸福，絕對不能讓她傷心難過。」

雖然雪繪這麼說，但這句話反而點燃了高之內心的愛火。他千方百計希望和雪繪終成眷屬，他打算了斷和朋美之間的關係。

他並不是不能和朋美解除婚約，只要不怕遭到痛恨，高之可以主動提出解除婚約，但是，有兩個原因讓他無法這麼做。首先，一旦和朋美解除婚約，也將無法和雪繪結婚。一方面是因為周圍的人無法諒解，更重要的是，以雪繪的性格，不可能接受高之的求婚。另一個原因，是因為高之的錄影帶公司靠伸彥的支持，才能夠成長至今，一旦伸彥不再支持他，會影響公司未來的發展。

結婚的日子越來越近，他始終沒有想出好方法。朋美開始著手籌備婚禮，已經沒有退路了。

這時，一位工作上的朋友給了他一種藥。那是一種安眠藥，據說這種白色膠囊效果很理想，當高之說他最近睡不著時，對方給了他兩顆。

看到這種藥時，一個可怕的念頭浮現在高之的腦海中。那種藥很像朋美平時在生理痛時服用的止痛藥。雖然仔細觀察後，發現兩者略有不同，但他確信，不知情的人絕對無法分辨出來。

朋美最後一次去教堂討論婚禮事宜的早晨，高之趁她不備，把藥盒中的藥調了包。他知道朋美剛好是生理期。

送她出門後，高之感到極度後悔和不安。她吃了那兩顆藥嗎？會不會吃了藥，在開車時睡著而發生車禍？自己怎麼會做這麼可怕的事？但是，她並不一定會死。如果想睡覺，一定會把車子停在路旁睡一下。不用擔心，她不會死。但高之在這麼想的同時，也期待可以成功發生車禍。

那天他根本無心工作，如果再沒有接到電話，他恐怕會主動打電話去教堂。

但是，他接到了通知。應該說，很不幸地，他在電話中得知了朋美的死訊。聽到這個消息時，有兩種感情同時在他內心翻騰。在覺得自己的手變髒的同時，更覺得所有的問題都迎刃而解了。但是，當他開車去接朋美的屍體時，不由地想起和她共同度過的快樂時光。這些回憶令他心潮起伏，當他回過神時，發現眼淚不知不覺地流了下來。

自己殺了朋美——高之帶著愧疚趕到了分局。幸好不需要面對屍體，即使她的屍體毫髮無傷——如果毫髮無傷，他更無法正視。

回東京的途中，他有機會看到朋美的遺物。他之所以特地看藥盒，是想要確認她是否真的因為吃了安眠藥而死。

沒想到他意外地發現藥盒裡有藥。有兩顆白色膠囊。這代表朋美並沒有吃藥。

高之難以形容當時的喜悅。原本以為自己殺死了朋美，但事實並不是這麼一回事。朋美的確是意外身亡。

高之內心的罪惡感漸漸淡薄。雖然試圖謀殺未婚妻的行為無法原諒，但至少自己和她的死因無關。他頓時鬆了一大口氣。

所以，當高之來到這棟別墅，聽到阿川桂子的推理後，仍然可以保持平靜。他對朋美可能被人謀殺的話題很有興趣，但他確信，兇手並不是自己。

但是，當他聽到下條玲子的推理後，內心開始感到不安。因為她的推理認為，雪繪在藥盒裡補充了藥，這代表朋美吃了藥。她吃的到底是什麼藥？

剛才聽了伸彥的話後，一切真相大白。雪繪在教堂附近和朋美見面時，因為某個原因，得知朋美的藥盒裡裝的是安眠藥。她可能察覺到是高之在藥盒裡放了安眠藥，於是，就在有機會接觸到朋美的遺物時，悄悄地把藥放進了藥盒，目的當然是為了袒護殺了朋美的高之。

雪繪可能在日記上寫了這些事，所以，她在死前拚命想要把這一頁內容藏起來。唯一的方法，就是吞下去。伸彥的推理應該沒有錯。

高之掐住伸彥脖子的手指又稍微加大了力道。他不想這麼做，但是，伸彥公布真相時，高之所做的一切就會浮上檯面。只要殺了伸彥，把他從陽台丟進湖裡，真相就會隨著他沉進湖裡。

伸彥露出悲傷的眼神。

「請你原諒我。」

高之移開目光，手指更加用力。

這時，周圍的空氣突然發生了變化。酒吧內燈火通明。高之鬆開手，東張西望起來。所有人都站在二樓的走廊上，目不轉睛地俯視著他。

4

高之完全不知道發生了什麼事。厚子、利明和阿川桂子用不帶感情的冷漠眼神看著自己，自己腳下的伸彥因為被掐住脖子的關係，用力咳嗽著。

「老公，你沒事吧？」

厚子走下樓梯，衝到伸彥的身旁。

「嗯，我沒事，人沒那麼容易死。」

伸彥肩膀起伏，調整呼吸後，抬頭看著高之，「果然是你殺了朋美嗎？」

「啊……不。」

高之向後退，輪流看著排成一整排的人說道。他的腦海中一片混亂，無法理解自己目前所處的狀況。

「請你說實話，是不是你把止痛藥調包成安眠藥？所以，朋美就……」

阿川桂子說到這裡，咬著嘴唇。

「不，那個，你們搞錯了。」

「搞錯什麼？」利明說，「你還想殺我父親。」

「所以，那個……哈哈哈，搞錯了。」

高之莫名其妙地笑了起來，他自己也搞不懂為什麼，明明一點都不好笑，自己一定是瘋了。

「哈哈哈，搞錯了，這是意外。對，這是、意外……真的沒事。」

「你別想隱瞞了，那你為什麼想殺我父親？請你解釋一下。」

「這是……」

高之神色緊張地抬頭看著他們，其他人都用冷漠的眼神望著他。過了好一會兒，他才終於察覺眼前的狀況很不對勁。

「怎麼回事？」高之問，「你們聽到了我和森崎先生的對話嗎？而且，」他看著阿仁和阿田，「連你們也一起聽到了？」

阿仁撇著嘴說：

「你就從實招來吧，是不是你調的包？你打算殺了朋美，和雪繪結婚吧？」

阿仁說話的語氣和剛才完全不一樣。高之張大了嘴。

「你們……你們到底是什麼人？」

「該回答問題的是你，」利明說：「趕快回答，是不是你把朋美藥盒裡的藥調了包？」

「不知道，我不知道。我不知道你們在說……」

「沒想到你死不承認，好吧，田口先生，那就拜託你了。」

利明口中的田口先生就是那個大個子男人阿田。他點了點頭，打開雪繪房間的門，對裡面說了聲：「請妳出來吧。」

高之看到緩緩從房間裡走出來的人，頓時渾身發抖，說不出話。因為站在那裡的是已經被殺的雪繪。

她用悲傷的雙眼看著高之。

「拜託你說實話。」

她語帶哽咽地說。高之立刻察覺到是怎麼一回事，看著伸彥。

「你終於知道了吧？」伸彥說：「這個別墅所發生的一切，不管是搶匪還是殺人案都是假的，統統都在演戲。」

「為什麼要這麼做？」

「為什麼？那還用問嗎？當然是為了證明你的殺機。」

「殺機？」

「對，為了證明你的殺機，才策劃了這齣大戲。」

原本在二樓的人紛紛走下樓梯，圍坐在高之和伸彥周圍。阿仁手上沒有拿槍，阿田摟著下條玲子的腰。

「一開始只是身為父母，不相信朋美是意外身亡。我們進行了各種調查，得知了重大的消息。有目擊證人說，曾經看到朋美在墜落山谷之前，在車禍地點附近停下車，然後才衝向懸崖，顯然不是因為睡著而墜落懸崖，而是自殺。」

「自殺……？」

「但是，我們不瞭解她的動機。這時，我得知朋美那天和雪繪見了面，就問了雪繪，朋美那天的樣子有沒有什麼不對勁。雪繪一開始說，她什麼都不知道，但在我多次追問後，她終於告訴我藥盒的事。」

高之看著雪繪。她低著頭。伸彥對她說：「妳可不可以把告訴我的話再說一遍？」

雪繪驚訝地抬起頭，隨即輕輕點了點頭，把視線從高之身上移開後說了起來。

「那天，我和小朋約在教堂附近的咖啡店見面。是她約我的，她說有話想和我聊一聊。我也不知道她為什麼約會在那裡見面，即使見面後，她也遲遲沒有切入正題。不一會兒，她從藥盒裡拿出藥，說她要吃藥。我不經意地看了她的藥，立刻驚訝不已。因為那並不是止痛藥，雖然看起來很像，但並不是同一種藥。我告訴了小朋，她很驚訝，然後勉強擠出笑容說：『啊喲，真的耶，不知道怎麼會弄錯。』最後，她並沒有吃那兩顆藥，我剛好有和她相同的藥，所以給了她兩顆。但是，小朋之後就心不在焉，臉色也很差。臨別時，我問她找我到底有什麼事，她回答說，算了，沒什麼事。」

沒有吃藥？朋美沒有吃安眠藥——？

「聽雪繪說完後，我恍然大悟，」厚子說：「朋美發現自己的藥被人調包了，而且也知道是誰調的包，高之，是不是你？」

高之沒有說話，事到如今，即使否認也沒有意義。

「那孩子太可憐了，她認為這個世界上最重要的人試圖殺她，高之，你知道她得知這件事所承受的打擊有多大嗎？她失去了對生命的希望，所以才會選擇自殺。」

原來是這樣。高之心想。終於真相大白了。藥盒裡的藥不是別人放進去的，而是她根本沒有吃藥。

「當我們得知真相時，我們也受到了極大的衝擊。高之，我們無法原諒你，覺得一定要向你報仇。但是，要如何才能證明真相？沒有任何證據，也沒有證人，況且，朋美是自殺，並不是你殺了她。雖然等於是你殺了她。」

「所以才安排了這場戲……」

「我們想知道你是否抱有殺機，唯一的方法，就是瞭解你是否為了守住朋美的死亡秘密而再度產生殺機。我們費了很大的工夫才設計出這樣的狀況，我太太演過戲，但我和利明的演技太差了。」

「不，沒這回事，你們的演技很棒。」

高之不知道誰在說話，轉頭一看，發現阿田面帶笑容。

「我來介紹一下，這是我擔任顧問的劇團演員仁野和田口團長。」

阿田和阿仁微微欠了欠身，「還有下條和木戶，只有外行演戲太令人不安了，所以，重要的角色還是請了專業的演員來參與。」

「還有兩個人，」田口說：「那兩名警官。」

「對，他們真的幫了大忙了，又要演阿藤，又要打電話，在我從陽台上跳下去時，又把我救了上來。」

「多虧了阿川小姐的劇本，才能夠這麼成功，劇本真是寫得太好了。」

聽到仁野這麼說，阿川桂子微微笑了笑。

高之茫然地看著他們說話，無法相信眼前的一切是真的。不，一切的確都是虛構的，只有自己失去了一切這件事才是真的。

「我剛才說了，我們沒有任何證據，」伸彥低頭看著高之說：「但是，你是不是還有疑問？比方說，關於藥盒裡的藥。既然朋美沒有吃，你放在裡面的安眠藥應該還留在藥盒裡。雖然無法成為決定性的證據，但可以成為物證。我們為什麼沒有交給警察，或是採取其他的行動？」

聽伸彥這麼說，發現這的確是一個問題。那兩顆藥去了哪裡？高之抬起頭。

「藥被調了包，」伸彥說，「藥盒裡的不是安眠藥，而是如假包換的止痛藥。」

「什麼？」

「所以，」伸彥舔了舔嘴唇，「朋美把雪繪給她的藥放進了藥盒，把安眠藥丟掉了。她在這樣的狀態下自殺，你知道她為什麼這麼做嗎？」

高之搖了搖頭。他的腦筋一片空白，已經無力思考。

「你應該不知道吧，朋美不希望你背負殺人的嫌疑。她受到這麼重的打擊，卻仍然愛著你，想要袒護你。你想要殺的朋美就是這樣的女孩。」

高之感到整個胃都擠了上來，心跳加速，耳朵嗡嗡作響，呼吸也越來越困難。

「我們已經證明了你的殺機，也完成了復仇。」

伸彥說完，轉身面對其他人，「我們去休息吧，大家都累壞了。」

「真是一齣大戲。」那個叫阿仁的男人說：「阿川小姐，妳別忘了妳答應我們要改寫成舞台劇。」

「好，但我現在好想睡覺。」

所有人都走上樓梯，只有高之仍然坐在酒吧中央。

「很遺憾，沒有你的房間。」

伸彥在樓梯中央說道，「你的行李都放在門口了，你在這裡休息一下無妨，但請在天亮之前離開，之後永遠不要再出現在我們面前，知道了嗎？」

腳步聲上了樓，傳來關門的聲音，但身旁有動靜。高之抬起頭，發現雪繪站在那裡。

「為什麼？」她的眼中含著淚水，「我不是拜託你不要讓小朋傷心難過嗎？」

高之站了起來，說了聲：「不是已經落幕了嗎？」然後走了出去。

走出別墅時，他覺得有人在看他，但轉過頭時，發現身後沒有任何人。而且，他發現來這裡時，那副掛在門口的面具已經拿掉了。

謎人俱樂部

歡迎加入**謎人俱樂部**！為了感謝您對皇冠出版的推理、驚悚小說的支持，我們特別規劃推出讀者回饋活動，您只要按照規定數量蒐集每本書書封後摺口上的印花（影印無效），貼在書內所附的專用兌換回函卡上，並詳填個人資料後寄回，便可免費兌換謎人俱樂部的專屬贈品！詳細辦法請參見【謎人俱樂部】活動官網。

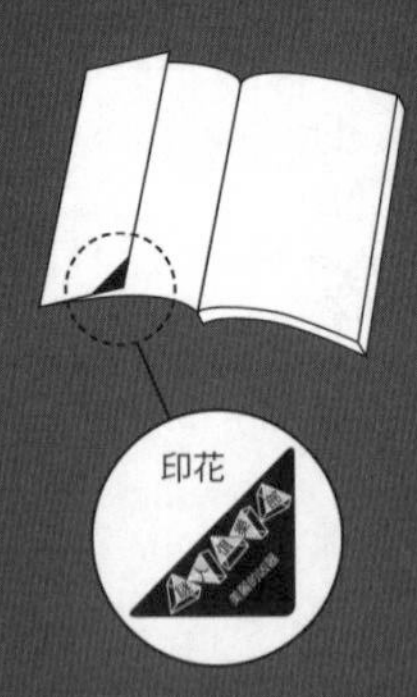

【謎人俱樂部】臉書粉絲團
www.facebook.com/mimibearclub

□集滿4個印花贈品（二款任選其一）：

A：【推理謎】LOGO皮質燙銀典藏書套一個

（黑色，25開本適用，限量1000個）

B：【推理謎】吉祥物『獨角獸』圖案皮質燙金典藏書套一個

（咖啡色，25開本適用，限量1000個）

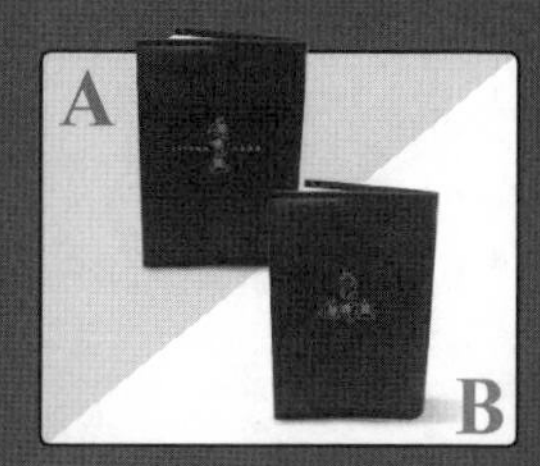

□集滿8個印花贈品（二款任選其一）：

C：【推理謎】LOGO皮質燙金證件名片夾一個

（紅色，11.5cm x 8.6cm，限量500個）

D：【推理謎】吉祥物『獨角獸』圖案環保購物袋一個

（米色，不織布材質，41.5cm x 38.6cm，限量1000個）

□集滿12個印花贈品（二款任選其一）：

E：【推理謎】LOGO不鏽鋼繩鑰匙圈一個

（限量500個）

F：【推理謎】吉祥物『獨角獸』圖案馬克杯一個

（白色，320cc容量，限量500個）

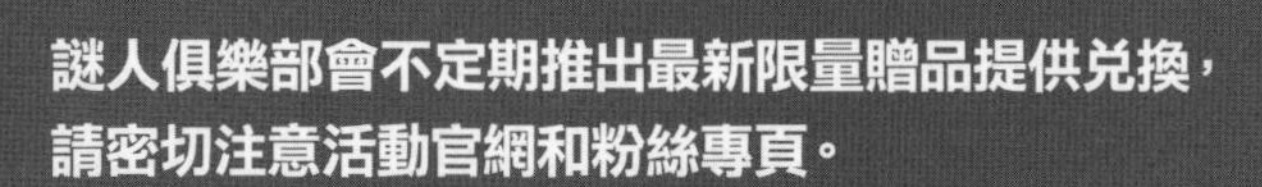

【注意事項】

◎本活動僅限台灣地區讀者參加。

◎贈品兌換期限自即日起至2025年12月31日止（以郵戳為憑）。

◎贈品圖片僅供參考，所有贈品應以實物為準。

◎所有贈品數量有限，送完為止。如讀者欲兌換的贈品已送完，皇冠文化集團有權直接改換其他贈品，不另徵求同意和通知。贈品存量將定期在【謎人俱樂部】活動官網上公佈，請讀者在兌換前先行查閱或直接致電：（02）27168888分機114、303讀者服務部確認。

◎皇冠文化集團保留修改或取消謎人俱樂部活動辦法的權利。辦法如有更動，將隨時在【謎人俱樂部】活動官網上公佈。

國家圖書館出版品預行編目資料

假面山莊殺人事件 / 東野圭吾著；王蘊潔譯．-- 初版．-- 臺北市：皇冠，2013.05 面；公分．--
（皇冠叢書；第 4302 種）（東野圭吾作品集；16）
譯自：仮面山荘殺人事件

ISBN 978-957-33-2983-1（平裝）

861.57　　　　102006857

皇冠叢書第 4302 種
東野圭吾作品集 16

假面山莊殺人事件

仮面山荘殺人事件

作　者—東野圭吾
譯　者—王蘊潔
發 行 人—平　雲
出版發行—皇冠文化出版有限公司
台北市敦化北路 120 巷 50 號
電話◎ 02-27168888
郵撥帳號◎ 15261516 號
皇冠出版社（香港）有限公司
香港銅鑼灣道 180 號百樂商業中心
19 字樓 1903 室
電話◎ 2529-1778 傳真◎ 2527-0904
美術設計—王瓊瑤
著作完成日期— 1995 年
初版一刷日期— 2013 年 05 月
初版十七刷日期— 2024 年 05 月
法律顧問—王惠光律師
有著作權 ・ 翻印必究
如有破損或裝訂錯誤，請寄回本社更換
讀者服務傳真專線◎ 02-27150507
電腦編號◎ 527013
ISBN ◎ 978-957-33-2983-1
Printed in Taiwan
本書定價◎新台幣 250 元 / 港幣 83 元

謎人俱樂部贈品兌換卡

我要選擇以下贈品（須符合印花數量）：□A □B □C □D □E □F

1	2	3	4
5	6	7	8
9	10	11	12

【個人資料蒐集、利用及處理同意條款】

您所填寫的個人資料，依個人資料保護法之規定，皇冠文化集團將對您的個人資料予以保密，並採取必要之安全措施以免資料外洩。您對於您的個人資料可隨時查詢、補充、更正，並得要求將您的個人資料刪除或停止使用。

本人同意皇冠文化集團得使用以下本人之個人資料建立該集團旗下各事業單位之讀者資料庫，做為寄送出版或活動相關資訊、相關廣告，以及與本人連繫之用。本人並同意皇冠文化集團可依據本人之個人資料做成讀者統計資料，在不涉及揭露本人之個人資料下，皇冠文化集團可就該統計資料進行合法地使用以及公布。

□同意　　□不同意

我的基本資料

姓名：________________

出生：________ 年 ________ 月 ________ 日　　性別：□男 □女

職業：□學生 □軍公教 □工 □商 □服務業

□家管 □自由業 □其他 ________________

地址：□□□□□ ________________

電話：（家）________________（公司）________________

手機：________________

e-mail：________________

我對【東野圭吾作品集】系列的建議：

寄件人：

地址：□□□□□

北區郵政管理局登
記證北台字1648號
免 貼 郵 票
〔限國內讀者使用〕

105020
台北市敦化北路120巷50號
皇冠文化出版有限公司 收